豐穗

——古亭青年文藝獎十一週年精華集——

林泰安　製作
楊維仁　主編

市長序

文學是城市文化的實踐與想像

　　城市是文明的載體，文學則是改變城市文化的關鍵。
臺北市為全國首善之都，打造一流教育城市是我們的使命與責任，本市戮力於文學教育推展，為符應新課綱變革與趨勢，加速引領學校提升師生閱讀素養及全球競爭力，藉由系統性規畫與支持性計畫，提升各校推動成效，彰顯教育進步價值。

　　臺北市政府秉持「躍升臺北教育　迎向幸福未來」的願景，精進閱讀政策，精緻教育品質，透過各類型的文學教育推廣，讓文學的種苗從校園蔓延到社區與家庭，引領孩子們感受文學的精妙，享受學習的樂趣。

　　古亭國中今年邁向一甲子，在林泰安校長帶領、文學推手楊維仁老師及全體教師團隊的齊心努力，在文學教育、品格教育、雙語教育、智慧教育及美感教育多方開展，學生學力表現顯著躍升，更於眾多教育單位評比屢創佳績。學校亦獲選教育部藝術教育貢獻獎及教育部校園美感設計實踐計畫合作學校，建置全校雙語空間指標系統。教師們務實地在穩定中尋求創新，認真地教導每個學子，藉以培養跨域全球公民，強化未來競爭優勢。

　　文學是城市生活的寫照與反思，更是城市文化的實踐與想像。欣逢古亭國中六十週年校慶，此次《豐穗：古亭青年文藝獎十一週年精華集》的付梓出版收錄第六到十一屆《古亭青年文藝獎》優勝作品精選及學生榮獲各項文學競賽優勝作品精選，作品內容精彩，創作動能充沛，期許古亭國中未來有更精彩的表現，持續帶動教育改變，激發正向力量，綻放璀璨光彩。

臺北市長 柯文哲 謹識

於民國 111 年 9 月

局長序

深耕文學，城南豐穗

　　教育，是我們給孩子最重要的禮物；文學教育從生活經驗出發，更是引導孩子們探究、思考、反思與行動的重要途徑。近年來，教師團隊以臺北市城南地區為走讀場域，鼓勵同學們多方進行文學書寫，將城市發展、地理環境、產業人文、美感教育及永續發展等重要議題融入創作，鏈結都市脈動，汲取地方元素，開展原創力量，活絡文創想像，展現對社區積極關懷。

　　教育，是薪火相傳的希望工程。古亭國中在林泰安校長召集，文學推手楊維仁老師及教師團隊的熱忱付出下，榮獲教育部及教育局眾多獎項，107 年出版《邂逅古亭的 56 朵芳菲》專輯，收錄學生校內校外優秀新詩作品，搭配學生繪製彩色插圖，以圖文型態精采呈現；109 年出版《驚艷古亭的五彩拼圖》擴大文學創作類型，收錄同學們在新詩、散文、小說、俳句及絕句共五類創作。今年適逢古亭國中 60 週年校慶，時空流轉，學風恆揚，師生們共同編撰《豐穗：古亭青年文藝獎十一週年精華集》，即是最佳的校園文學時光寶盒。

　　「全人贏家」的學習型校園，在林泰安校長的帶領下，表現亮眼，108 學年度榮獲「教育部藝術教育貢獻獎」全國績優學校；110 學年度獲選教育部「學美・美學—校園美感設計實踐計畫」合作學校；另榮獲教育部 110、111 學年度三好校園實踐學校、教育部 109 學年度全國學校經營與教學創新 KDP 國際認證全國優等獎、教育部 110 學年度杏壇芬芳全國

續優團隊。此外也榮獲臺北市教育局110年度教育111標竿學校、110學年度北市百大績優衛生體育教育行政人員團體金質獎、108學年度北市百大行政團隊國中組特優，充分展現古亭國中校務發展日新月盛並朝精緻與優質邁進。

　　文學是教育的核心基礎之一，更是對生命的省思與追尋。衷心期盼教育夥伴們持續投入書寫創作，巧用經典文本，融入領域教學，讓每個孩子都能在友善閱讀與書寫的環境中厚實自我，激盪反思，凝鍊成人之美的教育價值，發揮文化薪傳的當責力量。最後，祝古亭國中60週年校慶順利圓滿，生日快樂！

臺北市政府教育局局長 曾 燦金 謹誌

於民國111年9月

校長序

歌詠豐穗

親手寫下詩句，那成片金黃色的文學稻穗隨風搖曳。

《古亭青年文藝獎》走過十一個年頭，芳菲繽紛，五彩綻放，我們仍感動著最初的相遇。在校園裡書寫，書寫校園的故事；文學創作始於發現的雙眼，透過觀察體會、探究感受及思索下筆的淬鍊過程，梳理脈絡，投放情感，擴大想像。古亭國中位於北市城南地區，緊鄰新店溪畔，近年來，師長們帶領同學們汲取地方時空元素，領會自然人文精妙，鄰近的青年公園、南海植物園、紀州庵文學森林、南機場夜市及西門紅樓等皆是師生延伸創作的場域，藉以啟發潛能，陶養知能，進而以文學實踐公民責任。

文心念念，筆耕豐歲。文學是縮放的情緒，翻攪感情，聚斂理性。多年來，師長們恆毅地推展文學教育，透過編輯評審會議，拓展教學嶄新視野，豐富學生寫作思維，創造學習成功經驗，以深層的覺知及多重的途徑，游移在實地與感受的空間，學生們的文學創作，如同對所見所聞的真實描寫，如同對所思所感的自我追求，環環相引，層層鑲嵌，以原創眼界訴說彼我共容的生命，以蔓生攀附匯集光影斑駁的意識。

文氣揚揚，納新豐隧。文學是滲湧的泉水，哺育思想，造化萬物。寫作應從生活中出發，察覺近若咫尺的答案，藉筆墨寫天地，衍伸寓意，茂發生機。翠綠一校草地，湛藍二校跑道，

師生藉由文學創作，感受自我、群我與環境間的和諧共鳴，連貫起轉變的心境，尋求理解，回歸本質，高度展現創意與動能，開展多樣文體，述說過程中的點點滴滴，促發彼此再次體會生命的意義與祝福，深思時代推展的當責意義。

文彩熠熠，光耀豐穗。文學是典藏的回憶，四季更迭，傾聽花開。《古亭青年文藝獎》自民國 100 年 10 月創設以來，每年向同學們徵求散文、新詩和小說等作品，擇優編輯成校刊。我們旅行於創作的字裡行間，沉浸在人事情景交融的文學視野，從走筆技術，到校外競賽；從反思詮釋，到先鋒視野，激活觀點的視域，理解存有的意義。同學們的作品熱切反映對當今議題的關注，展現對共榮的期盼，傳遞對生命的熱愛。

105 年出版《舞穗》專輯，以文字型態，收錄《古亭青年文藝獎》第一到五屆學生得獎作品；107 年出版《邂逅古亭的56 朵芳菲》專輯，結合圖文，收錄學生校內校外優秀新詩作品，搭配學生繪製彩色插圖；108 年學校以全校式文學與藝術推動榮獲「教育部藝術教育貢獻獎」；109 年出版《驚艷古亭的五彩拼圖》延續編輯精神，擴大文學創作類型，收錄同學們在新詩、散文、小說、俳句及絕句共五類創作。感謝主編楊維仁老師及同仁們齊心投入，欣逢古亭國中六十週年校慶，此次《豐穗：古亭青年文藝獎十一週年精華集》的付梓出版，收錄第六到十一屆《古亭青年文藝獎》優勝作品精選及學生榮獲各項文學競賽優勝作品精選，是我們在豐盛旅途中轉身歌詠，更是對未來想望的奮力繼起。

目　次

附　錄

豐穗
——古亭青年文藝獎十一週年精華集——

第六屆古亭青年文藝獎
優勝作品精選

第六屆古亭青年文藝獎得獎名單

新詩組

首獎：807 屈妍兒〈俘虜〉

優選：906 邱湘庭〈曼珠沙華〉／ 701 羅椿筵〈風信子〉

佳作：707 李芷葳〈草〉／ 707 高暐媄〈精采生活〉

　　　801 王怡婷〈樹苗〉／ 907 林泓村〈四季〉

　　　901 李小彤〈楓〉

（評審：黃惠貞老師、張芙蓉老師、施恩惠老師）

散文組

首獎：803 梁棠堯〈不變的回憶〉

優選：903 辜靖棻〈夢想，飛揚〉／ 807 黃微茵〈溫暖〉

佳作：807 屈妍兒〈致一年前的自己〉／ 807 曾詩穎〈憶〉

　　　907 林詠心〈一處優美的地方〉／ 707 曲緒婷〈夏日童年〉

　　　906 古宗白〈時間到！〉／ 705 王芃雯〈環鏡〉

（評審：楊維仁老師、鄭昱琪老師、林靜薇老師）

小說組

首獎：907 徐培峰〈是非〉

優選：706 郭靖珩〈再見羅發號事件〉／ 907 蔡惠棋〈匹夫「志」勇〉

佳作：901 陳芊霓〈宿命〉／ 905 秦佳葳〈斷魂塵緣〉

　　　902 曾澤怡〈花語〉／ 807 屈妍兒〈無怨的青春〉

（評審：黃昱嘉老師、簡妙如老師、黃昱綺老師）

俘　虜

屈妍兒

粉嫩於枝枒　交織
氤氳
高傲
碎成片片　碎成片片

俘虜於波心　緩
朦朧
指縫殘存　溫
碎成片片　碎成片片

就連禁錮也
柔韌
仍在熹微啃食中
繼續蔓延在我沸騰的　牽掛
笑靨
碎成片片　碎成片片

走進我心　　封閉我情
熱淚與唇角　　羼入
相擁的溫存
粉色的雙頰
碎成片片　　碎成片片

於是走入桃花源
以粉碎花與細枝相依
凝為
愛的俘虜

註：桃花的花語為愛情的俘虜

曼珠沙華

邱湘庭

花開彼岸
似紅　似火　似鐫在你心上的那抹愁
奈何橋畔依舊
僅少了手中有你緊握的溫柔

有花無葉　一晃復何年
卻憶起你昔日笑顏　青衣翩翩
淚水潰決　思念繾綣
我笑看紅塵　再別黃泉

有葉無花　獨映斜陽飄蕩
遍地殘枝　傷心血淌
不見雁回　別來無恙？
欲越橋飲下孟婆湯
回首卻不見你擁我入懷的猖狂
星憶點點　天際閃耀輝煌

陌上花開　與你緣定忘川
輪迴
不作彼岸作比翼鴛鴦
來生
攜手浪跡走天涯

新詩組優選

風信子

羅椿筳

風悄悄地送來一封信
願大地為它孕育子嗣
一針一線　編織
潔白與淡淡的粉
表現了她純真　天性
微微的藍紫
象徵她的隨興
一陣一陣
帶有信念的氣息
一球一球
與風之間的祕密
用最強大的魔法
和萬物　互動
輕輕地捎來一封信
盼萬物協助　捍衛
永恆

草

李芷葳

春雨輕澆
便滋蔓萌生
炎夏烘烤
仍綠意盎然
涼秋蕭瑟
依然沒有枯朽
萬物具休的冬
唯他
熱情的搖擺
期待著
春神早報到

無所不在的身影
合作的
為大地
鋪上青翠絨毯

殷勤的
為牛羊
端出鮮嫩佳肴
輕盈的
伴著風
舞出生命的美好

柔韌的身軀
穿透磚瓦碎裂的間隙
駐立車水馬龍的街坊
每一次踐踏
每一回輾壓
必會再次立起
細小的尊嚴
遼遠的夢

不變的回憶

梁棠堯

　　看一看手錶，已經晚上十點半了，我快步的走出大廳，披上厚重的外套，心想：「快呀！要快點！不要讓爸爸等我太久！」我小步小步的跑著，口中呼出的蒸氣模糊了眼睛，終於抵達了和爸爸約定的地點，在那熟悉的路口，卻沒有那亮麗的藍色休旅車，沒有爸爸拿著一根煙那熟悉的身影，也沒有那溫柔的聲音輕輕的說：「唉！是老師又晚下課，還是你考試又沒考過被留下來了？」在忙碌的生活中，我選擇忘記了，爸爸已經到天上生活了，這是八年級寒假的某一天，模糊的雙眼已分不清是霧氣還是眼淚。

　　那是一個天氣轉涼的夜晚，寒流來襲，氣溫驟降，我和弟弟正在房間裡笑鬧著，姐姐在念書，媽媽在洗澡，爸爸正剛從公司回家，突然，「砰！」的一聲，並聽到一陣驚呼：「我頭好痛，快打電話！」我一個飛奔跑到客廳，看到他一邊喊著頭痛，抱著身體四肢無力地倒在地上，我嚇得呆站了幾秒，接著連忙打電話叫救護車。那天夜晚，大概是生平中最煎熬的一夜了吧！我一個人呆坐在客廳守著電話，時鐘在一旁滴答作響，我站了起來，來來回回焦急的踱步踱步著，我的心彷彿攀爬著上萬隻螞蟻，好悶，好緊張，好糾結，心亂如麻，我在想要不要衝到醫院看一看爸爸究竟發生什麼事了，還是要待在家裡守著年幼的弟弟，我沒有辦法平靜，眼淚一直一

直地落下。

　　爸爸平時身體是很硬朗的，平日在自己的公司處理繁雜的公務，晚上回到家還會拿出一桌好菜，一家人在餐桌邊談天說笑，一到假日，不是出外踏青，就是和朋友喝喝小酒聚聚聊聊天，這樣快樂生活持續了十五年，我從未設想有結束的一天。電話響起，我急忙地接起，另一端的聲音是哽咽，是哭泣，是宣判一切快樂的日子到此為止，爸爸腦幹出血在加護病房，一兩天後便會離開人世……。隔天一早，我一起床，便趕緊到台大醫院，到了加護病房，爸爸嘴巴微開，插著管子費力地一口又一口的呼吸，面無血色，雙眼緊閉，我不敢看，閉上雙眼任由眼淚撲簌簌地落下，這不是我的爸爸，不是我笑聲爽朗的爸爸，不是那個每天帶著笑容聆聽我生活瑣事的爸爸，躺在床上的爸爸卸下平時的剛強，我輕輕地握住他冰冷的手，有好多話想說，卻一個字也說不出口，心被眼淚淹沒了，那種感覺，不是痛，是空洞。那一天晚上，我一個人走出醫院，漫無目的的隨意走著，天空是那麼樣的萬里無雲，星星是那麼樣的閃亮動人，而月亮是那麼樣的圓，還記得，原本今天是我們家約好一起去賞花燈的日子，而爸爸卻不在身邊，陪伴我的只有眼淚。

　　很快的，到了爸爸倒下的第四天，我在醫院樓下的咖啡

廳，突然聽到醫生急促的電話聲響起，「快上來！」媽媽説。爸爸走了，選擇了最突然的方式，沒有預兆，沒有任何挽回的機會，我只能選擇接受。最難過的時候是沒有眼淚的，我沒有哭，這一刻我異常的平靜，也許是心已麻痺，也許是我假裝堅強，也或許是爸爸並沒有離開，這是換了一種方式陪伴著我而已，我沒有辦法給他即時的愛，只能靜靜的享受他的陪伴，用最強的自己告訴他，我會好好的！

小時候畫在手上的錶沒有動，卻帶走了最美好的時光，爸爸雖然已經不在我身邊，但至少還有回憶的陪伴，回憶是永遠不會變的！我相信，爸爸會在我軟弱的時候告訴我要堅強，在我迷惘時指引我方向。人心是肉做的，想到往事心還是會如萬針穿插一樣刺痛，可是只要抬起頭眼淚就不會落下，這時我可能會偶然看到明亮的月光，心裡便會浮現爸爸慈祥的笑容，爸爸走的那天是元宵節，我還記得我們要一起去看花燈呢！

散文組優選

夢想，飛揚

辜靖棻

　　蒲公英的種子隨風四散，散播對生命的期盼；紙飛機躍窗而出，迎向朝陽的溫暖；大鵬振開豐滿的羽翼，飛向無垠藍天。而我，乘著名為「夢想」的雙翼，堅毅的飛躍蔚藍的海洋，邁向生命的光與熱，立堅定之石，乘雲風之氣，飛揚。

　　「有夢最美，希望相隨。」人生，是由夢想和企盼所組成，有夢，才能使我們在日出日落中，擁有動力，堅定自我。而唯有堅毅不摧的毅力，才能達到與現實交錯的彼岸。他，一位備受異樣眼光的華人——林書豪，懷抱著籃球夢。在大多美國人眼裡，一個來自亞洲的哈佛小子，是不可能在頂尖籃球殿堂立足的。起初，在聯賽中不被重視，但他努力不懈，縱使挫折接二連三，他從未放棄任何機會，依舊想挑戰，機會渺茫又如何？沒有嘗試，又怎麼可能有機會？他那渴望勝利的精神漸漸點燃大家的熱情，場邊依然有種族歧視的聲音，但他從不回擊，只是默默地用行動回復這些不認同他的球迷和球員。林書豪的活躍，不是偶然，當他跌落幽深的谷底時，他也曾經埋怨：為什麼練習了那麼多，終究沒有登上夢寐已久舞台？這些努力，終究無法突破大家對黃種人的刻板印象嗎？當消極情緒鋪天蓋地的迎向他，沮喪、悲痛和憤怒不斷拉扯他時，他還是選擇了堅持到最後，中間他不斷的成長，心智也越來越成熟。熱身賽的最後一戰，他深知可能是最後

一次上場了，一定要展現辛苦練習的成果，他用高昂的鬥志與無畏的精神，撕裂對方的防線，展現敏捷速度，最終，全世界注意到了他。沒有過人的天賦，只有堅毅和不畏懼失敗的精神，他是我們最好的借鏡，也是我們的驕傲。

　　夢想飛揚，需要一番動力，燃燒力量。為了夢想，我不停的充實自我，世界於我，猶如一本大書，充滿智慧沁人芬芳，使我積極探索，找尋自我。書香世界，總令我無法自拔的陷入其中，習得了古人的智慧，歷史的痕跡，刻劃生命的印記。奔向自然，又是另一片遼闊的天空，我徜徉其中，走過那一片春泥，學習草兒的堅韌、大樹的挺拔，也學到毛毛蟲想變成一隻舞蝶的堅持。踩著踏實的腳步，一步步踏向成功，縱然無法保證一路平坦，但可以堅持前行，路上種種磨練，都將成為我們生命中最美的風景。以書為借鏡、以自我作為課本、以生命的種種作為體悟，飽滿充實的迎向明天。

　　懷抱著一個夢，走過艱辛路途，為的是那夢想蓓蕾綻放的一瞬間，再大的挫折也值得面對，再多的等待也值得忍耐，雖然過程中摧殘了希望、磨礪了志氣、消耗了能量，但只要忍過了一季寒冬，春天就不遠了不是嗎？而過程中實踐的各種風光，堆砌出的美好，成功築夢的的難能可貴，才是它真正的宏偉之處，身為一個築夢者，我將盡我所能，傳遞夢之

能量，延續夢想之繽紛，讓更多人擁有夢想的陪伴，共同築一幢夢想之高塔，向世界證明我們，使夢想凌空昂揚。

　　以夢想為翅翼，站高岩、凌虛空；見高遠、壯氣魄，英風颯爽，雄飛萬里，我是一隻憑虛御空的傲鷹，追隨夢想的腳步，仰望那片深邃的天空，醞釀另一次更高更遠的飛行，飛向那片更深廣的境地，昂揚夢想，風起，飛翔。

溫　暖

黃微茵

　　溫暖是什麼？或許有人會說，溫暖是一種天氣變化，但在我看來，並不盡是如此。溫暖是黑暗中的一盞燈，讓迷失的人找到方向；溫暖是沙漠裡的一滴水，讓口渴的人感到甘甜；溫暖是寒冬裡的一把火，讓受凍的人感到舒心，我認為，溫暖是我們內心的真實感受與體會。

　　在炎熱的午後，我喜歡品嘗美味的點心，沉醉在幽默刺激的小說裡，雖然這只是很平常的事情，但對我來說，卻是一種美好又溫暖的享受；有時候走在路上有人問路，即使沒有辦法親自帶路，只是稍微告知方向，也會覺得好像又幫了一個人，內心也會暖暖的；當讀書讀得累了，每當和家人談談心、說說話，家人的鼓勵與安慰，讓原先的疲憊、厭煩隨之消失，得到的卻是一種刻骨銘心的暖。其實，溫暖就在我們的身邊，只要我們願意靜心體會，便能感受到其中的溫暖。

　　在現今的社會中，我們看遍了大山大海，卻忽略了較為普通的小橋流水，對於一般的事物沒什麼感覺。但「一沙一世界，一花一天堂」，生活的一切原本都是由細節構成的，就像廣袤的沙漠是由一粒粒不起眼的沙子所組成的，或許，那不起眼的沙並不是那麼的令人矚目，但在我看來，微若砂礫的細節反而卻是最美的。有時候，當我們爬遍了壯麗的高山，再看看一個相較起來較為普通的山丘，或許會覺得了無

新意，但轉念想想、換個角度看看，原先平淡無奇的山丘在我們眼中，卻變得如此可愛！陽光灑在那青綠的山丘上，辛勤的茶農正在採茶……啊！那是多麼的美麗啊！我們常常以為溫暖在那些看似華麗、壯麗的東西裡，但它其實只是在我們的身邊而已。

　　我們常常抱怨生命中的事物，尋尋覓覓這世上的溫暖，卻不料發現其實它竟在你我的身邊默默地等待我們發現；我們常常羨慕有錢有勢的人，以為只要有這些便能擁有大家的關心和大家給予的溫暖，我們忽略了身邊默默付出的人，一味的望向那如夢境般美好的事物，直到自己失去了真正重要的東西，才如夢初醒般頓然醒悟。人生中的溫暖，並不再於你我有無權勢，也不再於是否有錢，而是在於我們的心是怎麼想的，若你放平心態，即使遇到著實棘手的事，也會自得其樂；可相反的，我們若一直抱怨，即使是極為美好的事物，也會被看成一文不值。

　　「萬物靜觀皆自得」，溫暖並不是難以取得，只是我們沒有感受到身邊的溫暖，只汲汲追求心目中富貴、美好，只急著奔跑，但沒想到在奔跑的過程中錯過的許多值得注意、值得關心的事。若我們能夠慢下腳步靜靜體會，放平心態，適時的換個角度觀看這世界，並用心的觀察，相信我們屆時也可以尋找到屬於我們的溫暖。

是　非

徐培峰

　　深夜，一間酒吧燈火通明，一名青年走了進去，坐到了吧臺前，正在工作的酒保看見他，馬上說道：「嗨，何詡，你又來啦。」

　　「嗯。」青年應了一聲作為回應，而酒保則說道：「和往常一樣吧。」

　　酒保將一杯酒放到他面前，說道：「欸，何詡，既然你今天來了，表示上星期一的那……」

　　那青年何詡制止他再說下去，低聲說道：「既然已經心照不宣，為何要點破呢？」

　　「其實你大可光明正大，你也沒做錯什麼……」

　　「你再這樣，我就把你當警察喔。」何詡說道。

　　「好啦，我知道，只是你這麼力求謹慎，似乎不像平常的你啊。」酒保說道。

　　「是嗎……」何詡喃喃自語道，慢慢喝著那杯酒。

　　「把我的錢還來！」

　　「哈哈哈！」

　　悲鳴和嘲笑聲在何詡的腦中記憶深處流竄，一個瘦小的男孩被其他人包圍，那群人搶了那男孩手中的銅板，又對他拳打腳踢後才離去。

　　「哐噹！」一陣玻璃杯摔碎的聲音將何詡拉回現實，他本

想拿起桌上的酒，但他眼前的情況使他打消了這個念頭……

眼前有一名彪形大漢，看起來像是喝醉了，正對著酒保咆哮。

「什麼！你有種再說一次！」那大漢怒吼。

「我說了，不能再讓你賒帳！」

「老子好好跟你說，你不要敬酒不吃吃罰酒！」那大漢真不是虛言恫嚇，抽出腰間一把尖刀往酒保的脖子揮去！

「啪！」那大漢持刀的手臂突然被抓住，他馬上掙脫，看見阻止他的竟是比酒保更瘦小的何詡。

「臭小鬼！少來多管閒事！」那大漢一拳揮向何詡，卻被他隻手架開，那大漢更加怒不可遏，持刀的手立刻揮向何詡。

何詡輕盈的閃開，接著旋身一腳掃中對方的頭部，力道之大使那大漢直接摔倒，尖刀也掉在地上。那大漢掙扎的站起，何詡衝上前對他的臉施予兩記重拳，待那大漢欲爬起，何詡又開始攻擊，且每一拳就讓對方倒地一次。

「住手！何詡，別打了！」那酒保突然從後架住何詡，何詡馬上掙脫，但酒保又拉住他，大吼道：「夠了！」

何詡將一些垂到眼睛的頭髮撥開，才看清那大漢早已無力還手……不，應該說連站起來都有困難了。

「快點叫救護車！」而酒保立刻開始打電話，不一會兒，那大漢便被抬上擔架。

「喂，何詡……」酒保正想叫他，一轉頭，才發現他已不見蹤影。

被搶去錢的男孩趴在廢棄街道上，沒有人願意多看他一

眼。

「好餓……」那男孩發出細微的聲音道，除此以外，他沒有力氣辦到其他事。

突然有一陣腳步聲傳來，那男孩沒有移動，正確來說是根本沒有力氣去動。

但那腳步聲就在他面前停下，他感覺那人正將他揹起。

男孩認出那人是在貧民窟中教人防身的武師，那武師給了他一些食物，他便狼吞虎嚥的吃了起來。

「小弟弟，你叫什麼名字？」那武師問道，但男孩實在太餓了，完全沒注意他說了什麼，良久，吃完手上食物的男孩才抬頭問道：「叔叔，你為什麼要救我呢？」

「唔，」被問到這問題的武師似乎有些驚訝，但他馬上回答道：「因為啊，我是人啊，人性本善嘛。」

「這樣啊……」男孩說道，但此時在他腦中浮現的，是早上搶劫他的那些人的面孔。

「師父說得沒錯，人性本善。」何詡獨自坐在人群來往街上的椅子上，自言自語道：「但是，這世界上被污染的人太多了。」他站起身來，腦海中盤算著今天該住哪？

何詡慢慢的走在街上，偶爾看見警察也不慌不忙的走過，即使有時會因為過當的行為而被警察列為多加監視的對象，何詡依然不會討厭警察，因為他曾經的志願便是想成為警察。

「不過呢，老實說每次有事發生，警察無法及時趕到的情況也很常見，更常因為一些原因使行動綁手綁腳。」何詡心想道：「還是靠自己，事情較為容易些。」

走著走著，何詡來到一家貨櫃旅館前，他想了一下，便

走了進去。

「師父⋯⋯？」少年朝巷內探頭，正好看見已經年老的武師胸膛被利刃貫穿，倒下去的景象。

「哈！活該，誰叫你這老頭要那麼礙事，這下你再也無法阻擋我們了吧！」手持利刃的男人笑道。

「喂，老大，快走吧，等等會被人發現的！」旁邊一個手持棍棒的男人說道。

「說得也是。」手持利刃的男人說完，便朝巷子另一邊跑去，沿途只留下狂妄的笑聲。

少年連忙衝到老武師旁，他全身都是刀傷，胸口的刺傷還源源不絕的湧出鮮血。

「師父，您快醒醒！」少年將衣服的袖子撕下，設法為老武師裹傷，但才剛包好，血馬上又流了出來。

「師父、師父、師父——！」

「哇啊！」何詡猛然驚醒，用手揉了揉頭部。又夢到以前的事了。何詡心想。

「可惡！」伴隨著「砰」一聲，何詡一拳捶到了牆壁上，這股憤怒，不僅是對這世上的不義之事，更多的是對於如此懦弱的自己，無法擺脫過去的自己而產生。

何詡待心情平復下來後，便轉身走出房間。

偌大的工地中，何詡慢慢的將沉重的磚塊放在地上，喘了一口氣。

今天狀況有點詭異。何詡心想：感覺好像有什麼事要發生了。但他也沒有多想，便慢慢走向正在吃午飯的其他工人們，他特別挑了一個較旁邊的位置坐下，但還是馬上有一人

朝他靠了過來。

「嘿，何謝。」那人說道，好像是叫做劉柏原：「不過來和我們一起吃嗎？」

「不了，謝謝。」何謝簡短的回答道。

「你也別拒人於千里之外嘛，大家都是同事。」劉柏原說道，見何謝沒什麼反應，他只好說道：「好吧，那算了，不過你的體能也真是驚人，連我們這些老鳥都比不上你呢！」

何謝放下已經吃完的便當盒子，便朝集合處走去。

抱歉。何謝心想道：但和我走得太近，麻煩事總會自動找上門。

他轉身回去工作，不一會兒，思緒又被過去的記憶吞沒。

「嘿，何謝，你今天要住我這嗎？」一名男子問道，而何謝聳了聳肩，回答道：「不曉得，但我想我可能會喝掛在你這吧。」

何謝來到這個城市工作了一年有餘，這天他巧遇了多年不見的好友，對方馬上邀請他來做客。兩人來到朋友住的公寓，兩人聊天之餘，朋友伸手將門打開。

一開門，朋友和何謝都大吃一驚，房內的東西明顯被翻過，抽屜櫃子等也全被打開。

「這到底是……」朋友聲音未完，馬上有一個黑影衝出，一拳將友人打倒在地，接著那竊賊看見了何謝，他立刻亮出他手上的刀。

「別過來！」那人吼道，而何謝擔心朋友被他所傷，一個箭步上去，竊賊的手發出「喀嚓」一聲，刀子已被何謝扔到一旁，下一秒，竊賊整個人一百八十度翻轉，砸在地上。

豐穗
——
古亭青年文藝獎十一週年精華集
——

　　何謌無語的看著躺在地上的竊賊，他第一次施下如此重手對付一個人，也許是因為腎上腺素的關係。

　　但那人沒有爬起來，直到救護車來時都沒有。

　　從這次事件以後，何謌在此城市一直受到嚴密的監視，最後被迫離開此城。

　　「呼。」何謌呼了一口氣，晃了晃手中的咖啡罐子，此時已經下班，他坐在便利商店中。

　　不小心又想起以前的事了。何謌心想：從那事件後，我已經換了五個工作，五座城市。

　　何謌從不認為自己的行為有錯，他認為把那些犯罪的人打傷並無不可，是存在於法律以外的制裁。

　　更何況，每次我最後還不是把他們都交給了警察，哪一次有失手殺了人的？何謌心想：算了，總會有人明白我在做什麼，只不過這座城市看來可能待不久了。

　　何謌走到回收桶前將手上的罐子丟進去，喃喃道：「這世上被污染的人太多。」

　　何謌走在要回旅館的路上，他的右側便是寬廣且湍急的河流，而河流和陸地之間，也僅有串起石柱的繩子將其隔開而已。

　　何謌漫不經心的看著四周，天色已逐漸變暗，馬路上的路燈也亮了，突然他看到一名頭戴帽子，穿著長外套的男人，何謌本來沒有多留意他，但他突然覺得不對勁，因為那男人身旁用來隔開河流及陸地的繩索上綁著細繩，細繩另一端則沒入水中，似乎垂掛著什麼東西。

　　突然他見到那男人將一隻看起來剛出生沒多久的小狗塞

入一個盒子中，接著他將那盒子綁在另一條細繩上，隨後一手拉著細繩，一手將那盒子丟入河水中。

「……！」何詡突然明白了那人的意圖，他馬上飛奔過去，推開那人的手，往水中一看，果然看見每條細繩都綁著一個浸在水中的盒子，而那人身旁，則有五六個關著貓狗的籠子。何詡連忙開始把繩子拉起。

「喂！你幹什麼！」那人叫道，一把將何詡推開，何詡眼中兇光一閃，一拳向那人揮去，那男人左臂一擋，格開了攻擊，兩人就在河岸邊扭打起來。

兩人打沒多久，何詡便用一個過肩摔，打算擺脫那男人，不料，「噗通」一聲，何詡竟然將那男人摔進了河中！

「……！」何詡連忙跑到河岸邊查看情況，卻完全沒見到那人的蹤影，忽然，有一名女人衝到他面前，歇斯底里的大吼：「你在幹嘛！你對他做了什麼！」

「我……」何詡還來不及解釋，就看見地上有一張證件，上面寫著「動物保護協會」等相關文字，而那女人身上也有一張。

「這只是我們協會的一個實驗，那些盒子都是特製的，絕不會傷害到……」那女人之後說了什麼，何詡並不清楚，因為他馬上縱身一躍，跳入了河中。

何詡在河中搜索了一陣，終於發現了那人的蹤跡，但他才剛拉住那人的手，那男人馬上睜開眼睛，奮力掙扎，並使勁將何詡壓入水中。

「唔…可惡……！」何詡含糊不清的咒罵。

溺水的人通常為了自救，會使盡全力抓住任何可觸之物，

為了避免我也溺死，理當應該要先離他遠一點。何詡心想：但我現在已被河水沖離原本的河岸，因此已經沒有任何東西可以抓了，這樣的話，我身旁這人很快就會溺死，況且，他是對這社會有所貢獻的人——

　　何詡已逐漸混沌的腦中，突然浮現了一個明確的念頭——

　　河岸邊，救護人員忙碌的走來走去，接著便有一輛救護車疾駛離去。

　　但那輛可容納兩名傷患的救護車上，卻只有一個床位上有人……

再見羅發號事件

郭靖珩

二零五七年二月五日美國內華達州五十一區秘密實驗室：

「你被開除了！」指揮官對著一個男人大吼，「正合我意，我也不想再為美國做事了。」男人說。

這位男人是在美國出生的台裔排灣族人，父母皆來自臺灣阿猴（現屏東）的排灣族，為前美國陸軍少校，海軍特戰部隊 S.E.A.L（海豹部隊）的一員，名字叫泰瑞‧陳。

三個月前，美國太空總署發表最新研發的「時空探險者號」時光機。美國海軍立刻指派泰瑞經由時空探險者號回到一八六七年，目的在改變羅發號事件的結果，該事件是美國海軍從事海外遠征的首次敗績，而且竟然輸給使用弓箭和長矛的原住民。而派泰瑞除了因在職時表現良好，深受長官賞識，他還是美軍唯一精通中、英及排灣語的軍官，所以這次美國國防部找他回來執行任務。

一八六七年六月十二日臺灣龜亞角（現墾丁）龜仔用社：

風和日麗的早晨，處處鳥鳴，但在排灣族龜仔用社並不平靜，因為在頭目家屋外倒著一名打扮怪異的男子，他身穿排灣族傳統服飾，但背著陸軍迷彩背包，腳穿軍靴，他身材高大壯碩，五官明顯，皮膚黝黑，一看就知道是排灣族人，但龜仔用社沒有人認識他，就這樣，一群人站在頭目家屋外，圍著這位男子，頭目也不知如何是好，於是集合部落的長老，

討論後決定先將他抬進屋內，等他醒來再好好問問他。

二零五七年二月一日美國內華達州五十一區秘密實驗室：

今天泰瑞穿著排灣族傳統服飾，背著陸軍迷彩背包，腰上掛著 SIG P228 型手槍及小刀，包裡除了裝現代和以前美國特戰部隊作戰衣及 M4A1 步槍外，還有時空無線電、睡袋、乾糧、飲水、指南針和打火機等求生用品，泰瑞心情五味雜陳，他慢慢地走進時空探險者號。「時空探險者號」是由美國太空總署及中央情報局共同研發的時光機，外型有如一座巨大的圓柱體保溫室，四周為透明玻璃，上方有數台氧氣機及多條電線，泰瑞的心臟撲通撲通地跳，工作人員將玻璃門關上，對著泰瑞說：「機器啟動時，可能會感到頭暈想吐，甚至失去意識。等到你到了那邊，務必在一八六七年六月十六日中午十二點回到你出現的地方，才能搭乘時光機回來，否則你就必須在那充滿野蠻生番的地方待一輩子了。」泰瑞深呼吸，突然，一道強烈的白光，令泰瑞睜不開眼睛，幾秒鐘後，玻璃艙內空空如也，留下目瞪口呆的政府官員。

一八六七年六月十二日臺灣阿猴龜亞角龜仔用社頭目家屋：

泰瑞緩緩地睜開眼睛，撐扶著頭說：「這是什麼地方？」。他環顧四周，發現被關在一個房間裡，房間的牆壁是用石板堆成。他坐在石板床上，旁邊放著他的包包，他趕緊將他的時空無線電找出，這時有兩名男子走進來，兩人都身材高大壯碩，一位脖子上戴著山豬牙項鍊，頭上戴著一頂用山豬牙做成的帽子；另一名男子腰間掛著番刀，背上背著弓箭，他們看到泰瑞醒來，驚訝地對他說「su tima ？（你到底是誰？）

ku matjani qeljuqeljuan icasav？（為甚麼倒在我家外面？）」泰瑞聽到後，隨便掰的一個理由：「ken……ken tjuljivar qinaljan，（我……我是隔壁部落的，）qemaljup tjani gadu，（打……打獵時不小心掉下山，）maqaput djemaljun maza。（滑到你們這。）」頭目想：這個男子又沒有威脅部落，於是讓他回去。一離開部落，泰瑞立刻衝進樹林中，拿出他的無線電：「泰瑞呼叫總部，我已經成功到達目的地，重複，我已經到達目的地，等待任務開始。」「收到。」總部回答。泰瑞換上早期陸戰隊的軍服，在龜亞角海邊一帶搭起帳棚休息，等美軍前來。

　　「嘟嘟嘟……」睡得正熟的泰瑞被一陣汽笛聲吵醒，他爬出帳棚向外望去，看見遠方有兩艘懸掛美國國旗的軍艦，沒過多久，幾名陸戰隊隊員駕著登陸小艇上岸，後面跟著好幾艘小船，等他們都上岸後，泰瑞混進被抓來搬運武器的原住民隊伍中。一行人共 181 人從龜亞角往東北方前進，於龜仔用社南方十公里處紮營，預計隔日清早進攻，而泰瑞的任務是帶給指揮官相關情報，因為當年羅發號事件美國之所以會戰敗，有一部份原因是不熟地形，所以美國才派排灣族後裔泰瑞回到過去執行這項任務。

　　一八六七年三月十二日臺灣阿猴外海一帶：

　　一早，船長亨利駕駛著美國商船羅發號從汕頭（中國廣東省）行經臺灣海峽開往牛莊（中國遼寧省海城市），但船長和船員們殊不知他們正偏離航道，往東方的臺灣航行，非常不幸，羅發號在現今屏東鵝鑾鼻外海七星岩一帶時觸礁，船員們趕緊跳海逃生，在海中載浮載沉，最後包括船長有

十四人成功在龜仔用社上岸，沒想到卻被龜仔用社人誤認成侵略者，亨利船長等十三人遭到「出草」，唯一倖免的粵籍華人水手逃至打狗（現高雄）一帶，向當地清朝官員求助，才得到保護。而美國知道此事後，派美駐廈門領事李仙得希望以談判和解，但龜仔用社人不讓他們上岸，令美方相當不滿，於是派兵攻打龜仔用社。

一八六七年六月十三日阿猴（屏東）龜仔用社：

「哎呀！碰碰碰」頭目家屋裡傳來一陣夾雜物品掉落的叫聲，族人聽到後趕緊跑到頭目家一探究竟。「namakuda？（發生甚麼事？）」族人問，「ken macelu qerengan！（我不小心從床上掉下來了！）」頭目驚恐地回答，「這該不會是什麼徵兆吧？」「要不要找巫師啊？」族人們在心裡想，但沒人敢說出來，這時，頭目的兒子出來說：「ken pakananguaq kim malada lalupeng（我認為還是找巫師占卜好了），su avan niamen mamazangiljan！（畢竟你是我們的頭目啊！）」於是群人浩浩蕩蕩地往巫師家走去，這時他們看到巫師急急忙忙地衝出屋子，大喊：「tuluqu mekelj，qalja ngetjez！（快跑！白色妖怪來了！）」原來巫師前一晚睡覺時做了一個噩夢，發現有很多白皮膚的人攻打他們的部落，今天早上他又問了祖靈想求證，發現祖靈也說部落有威脅，但是祖靈又說不要怕，因為會有一名男子前來幫助他們，於是部落勇士們拿起弓箭、長矛和番刀，準備迎戰。

泰瑞跟著美軍走啊走，終於到了作戰地點，這時泰瑞上前想告訴指揮官如何攻打才能不費一兵一卒，但指揮官說：「你只不過是個搬運工而已，我憑什麼相信你的建議。」指

揮官執意選擇原本的計畫，果然，開戰不到十分鐘，美軍就因地形的不熟悉，造成三十幾人受傷，他們趕緊撤退，而泰瑞也只好無奈地跟著離開。回到指揮營後，長官們立刻召開緊急會議，這時泰瑞經過開會地點時，無意間聽到談話內容：「那幫野人真的有夠可惡，殺了我們的人不但不認錯，今天竟然在山崖上埋伏，傷了我們三十幾位弟兄，果然是生番，明天我們一定要贏，如果還是輸，大不了放把火把這座山燒了……」泰瑞聽到自己的族人被罵得如此，還揚言要把山給燒了，非常氣憤，又想到自己流著原住民血統，所以決定回歸，幫自己的祖先打美軍，給美國一個教訓，於是他趁著月黑風高的夜晚，換上排灣族傳統服飾，偷偷跑進龜仔用社。

　　一八六七年六月十三日晚上臺灣阿猴龜仔用社：

　　「zangal！zangal！（萬歲！萬歲！）tja qayaqayavan！（我們贏了！）」龜仔用社的勇士們歡呼，想在晚上喝酒慶祝，但頭目說敵方可能會回來復仇，還是提高警覺。這時，他們聽到樹林裡傳出「沙沙沙」的聲音和一個黑影，勇士們拔出番刀，等待那個不明物體出現。突然一個穿著排灣族服飾的男子走出樹林，勇士正要出去將他的頭砍下時，他一面躲開，一面用排灣族語說：「我是來幫你們的。」龜仔用人一頭霧水，這時巫師說：「su manu avan veqacan aya uqaljai？（你難道就是祖靈所說的男人嗎？）avan ngetjez pusaladj niamen uqaljai？（是來幫我們打退白皮膚妖怪的男人嗎？）」泰瑞用排灣族語回答：「沒錯，就是來幫你們打退那幫可惡的美國人。」這時有人認出泰瑞就是昨天倒在頭目家門口的那名男子，泰瑞說白皮膚妖怪明天一早會進攻，有可能放火燒山，所以要

求村民準備好大量的水，而巫師也向天神祈禱明天會下雨，接著泰瑞要求勇士們守住高點，並且搬運大量的石頭在美軍進攻地點旁的山崖上，如果一切都按照計畫進行，美國就會投降了。

　　一八六七年六月十四日上午臺灣阿猴龜仔用社山區：

　　泰瑞換上現代的特種部隊作戰衣，手拿 M4A1 步槍，帶領著幾名勇士到山崖上，等待美軍出現。沒過多久，泰瑞隱約看見樹林中有幾名手拿步槍的人，沒錯，美軍來了，勇士用木鼓傳達暗號告知敵人來了，這時泰瑞舉起步槍——他跟族人約定好，以槍聲為暗號，聽到槍聲就放箭——「三，二，一」砰砰！泰瑞開了兩槍打中一名軍人的左手臂，這時龜仔用社勇士們開始朝著美軍射箭，箭如雨下，好多人因中箭倒地，而泰瑞也用步槍，擊倒數十名美軍，包括不聽泰瑞建議的指揮官「麥肯吉」上校。原住民原本就有地形上的優勢，現在又有了泰瑞的幫助，根本是如虎添翼。美軍節節敗退，剩下僥倖倖存的士兵逃啊逃，跑進了一條兩座山間的乾枯河道，有名士兵覺得不對勁，抬頭一看，「Oh my god！」他大叫，原來有好多個龜仔用社勇士，身旁各有一顆巨石，「轟隆！」有兩顆巨石掉下來，各擋住美軍的去路和退路，美軍想拿槍反擊，但是已經太遲了，勇士們把巨石推下山，「Ouch！」美軍想逃，但無路可走，只能等死，最後活下來的士兵屈指可數，而泰瑞等人也追了過來，將剩下的幾名美軍士兵，手綁著藤條，帶回部落。

　　在遠方就可看見部落的老人小孩列隊歡迎，連排灣族十八社總頭目卓杞篤也站在部落門口向他們揮手，因為這是

歷史性的一刻，臺灣原住民竟然打贏擁有現代武器的美國，而且沒有一人死亡，當晚族人們大肆慶祝，而帶領他們迎向勝利的關鍵人泰瑞當然成為每個人關注的焦點，大家都想問他「是哪個部落的？」、「那件衣服和那個超厲害的進化獵槍（M4A1 步槍）從哪來？」泰瑞像是被記者追問的英雄。今晚，他成為全社喝得最醉的人。

一八七六年六月十五日臺灣府城（現台南）：

泰瑞、美國駐廈門領事李仙得、排灣族十八社總頭目卓杞篤和羅發號生還者等人在臺灣府城談判，最終達成協議，排灣族願意歸還亨利船長的首級和所劫財物，並協議發生船難的人必須以紅旗為信號，排灣族人不得將他們殺害；美國也決定撤回正要前來支援的援軍，事情就這樣告一段落。

泰瑞看看時間，現在是十五號，明天就是離開的時候了，他幫助了自己的族人，心裡感到非常開心，但一想到回到未來要面對長官的責罵，令他感到非常沮喪。當晚他睡在頭目家，在床上左翻右滾的，不知數了幾千隻羊，就是睡不著，他滿腦子都是如何跟長官解釋，如果說是因為一時氣憤才反抗命令，一定會被炒魷魚，想著想著，他也睡著了。

一八七六年六月十六日早上十一點整臺灣阿猴龜仔用社頭目家屋：

一群人把頭目家前擠得水洩不通，因為英雄要回家了，頭目把一頂山豬牙花帽送給泰瑞「icu tjalupun avan tja qinaljan tjalja（這頂帽子是我們部落最漂亮的帽子），pakavulj lemuvad su，（送給你）semangel malji。（當作謝禮。）」「masalu。（謝謝。）」泰瑞回答，泰瑞向頭目要求能獨自在

豐穗
——
古亭青年文藝獎十一週年精華集
——

頭目家外向祖靈禱告，希望其他人能先離開，頭目也同意了。十一點五十九分，頭目家外出現一道白光，泰瑞閉上眼，吸了一口氣，接著消失得無影無蹤。

二零五七年二月五日晚上十一點整美國內華達州五十一區秘密實驗室：

泰瑞閉著眼睛站在「時空探險者號」內，他聽到好多聲音，有工作人員的疑問聲，有機器運轉的轟轟聲，還有長官要泰瑞「滾」出來的罵人聲，他鼓起勇氣，走出探險者號，他走到長官面前，長官對他大吼：「你，被開除了！」泰瑞回答：「這正合我意，我也不想再為你們這群欺負我族人的白色妖怪做事了！」說完他把裝備丟到地上，瀟灑地走出實驗室。

遭到開除後的泰瑞，移居回臺灣，回到他的老家——屏東社頂部落，他考取了教師執照，決定留在社頂教導當地原住民小孩英語。有天，他在幫部落製作英語觀光簡介時，發現一段歷史：社頂部落舊稱「龜仔用」，名稱來自排灣族原住民的龜仔用社，也是清領時期「羅發號事件」的舞台，當年的羅發號事件據說有名其他部落的男子幫忙，龜仔用社人才能打贏美國，而頭目為了感謝這位神祕男子的幫助，贈送一頂山豬牙花帽給他……

豐穗
——古亭青年文藝獎十一週年精華集——

第七屆古亭青年文藝獎
優勝作品精選

第七屆古亭青年文藝獎得獎名單

新詩組

首獎：801 羅椿筵〈鏡面〉

優選：707 顏子駬〈我那睡醒的貓咪〉／ 801 彭苡庭〈棉被〉

　　　901 官于傑〈夜車〉

佳作：807 李芷萱〈夜行〉／ 803 董玉庭〈裁縫〉

　　　807 陳貞廷〈假如〉／ 801 卓佳威〈面具〉

　　　702 項文柏〈地牢〉

（評審：楊維仁老師、施恩惠老師、鄭昱琪老師）

散文組

首獎：907 屈妍兒〈溫柔 · 與微風共舞〉

優選：807 李芷葳〈發射線上的戰役〉

　　　805 王芃雯〈期待，下一站終點〉

佳作：807 高暐媟〈站在鞋尖上〉

　　　905 游筱潔〈與自己的一場比賽〉

　　　807 陳宥蓁〈跳投的那瞬間〉

　　　905 李芷妍〈與水共舞〉

　　　903 陳亮廷〈籃球火〉

（評審：黃惠貞老師、李麗文老師、黃昱綺老師）

小說組

首獎：907 卜翎倩〈Synaesthesia〉

優選：906 余宗鑫〈西風〉／ 806 鄭安妮〈初衷〉

佳作：806 郭靖珩〈決勝的一局〉／ 701 胡喬晴〈地獄森林〉

　　　907 趙安庭〈青鳥〉／ 802 藍沁妤〈孽〉

　　　807 楊雅筑〈刮目相看〉

（評審：黃昱嘉老師、簡妙如老師、張芙蓉老師）

鏡　面

羅椿筵

分隔成兩個世界
一條界線的清晰
看似在望
卻　　又十分遙遠
顧忌源自怯懦
愕然　　詫異
偶然的邂逅

日光照在玻璃之上
映照的是我的畏縮
刻畫的是變化的身影
時間在後方拉起封鎖線
我們還有回憶遠溯

一個無形封印
沉默著兩方地域
是同個生命
思緒依舊有分歧
在深邃的空間裡
劃開距離之後
我們會一直
平行

我那睡醒的貓咪

顏子騂

靜靜睡著　睡著
睡成一尊線條柔美的雕像
一如神秘而幽靜的小山丘
那高低起伏的稜線
就這樣蜷縮成一個香甜的小宇宙

小宇宙香甜的蜷縮成搖不醒的夢境
靜靜睡著　睡著
直到——
一股鮪魚的香氣
嗟！
從罐頭開口飛散而出
像游魂一般
鑽入貓咪
靈魂之門的鼻
掀開貓咪
靈魂之窗的眼

頓時貓咪的夢境
是從沉睡的小宇宙中
解放的、飢渴的欲望
喵─喵─喵─
我的心
此時是被一聲聲激起的
滿是漣漪的
滿是憐愛的
湖

棉　被

彭苡庭

覆蓋我的不安
包裹住我的稚嫩
隔絕不熟悉的空氣
阻擋冷漠的侵襲
用一條膚淺的安全感
去逃避酷寒的挑戰
拿一窩毫無說服力的理由
來掩蓋自己的怯懦
讓層層的畏懼
遮蔽我的惰性
恐懼所有的陌生
竄進床鋪的縫隙

沉溺在棉被裡
我保持習慣的平凡
停滯在非凡的夢境

新詩組優選

夜　車

官于傑

無盡的漆黑落下　　漆黑落下
滲入人群流動的軌跡
無數的光點閃爍　　光點閃爍
圍繞市街喧鬧的節奏
煩悶車陣中交錯的雷鳴
規律號誌間耀動的混亂
隨速限忽快忽慢的脈搏
隨脈搏魚貫而出的冷汗
只有窗上的映影　　仍欣賞著人聲鼎沸的夜景
方向盤一轉　　驅入小巷
無機的秋葉凋下　　秋葉凋下
墜入路旁搖曳的花圃
無息的獸影佇立　　獸影佇立
凝望屋窗熠熠的燈火
悠悠車軌中注積的水窪
明滅街燈下映出的幽靜
隨景色倏地變換的心情
隨心情漸漸舒張的面容
只剩窗上的映影　　仍惦記著斑彩絢爛的夜景

溫柔 ‧ 與微風共舞

屈妍兒

　　我最喜歡騎腳踏車，在那微風吹拂過後，一切都變得溫柔。

　　從小體能就不優越的我，厭倦運動，任何事只要一關乎體育，便會讓我失去興趣，甚至使滿溢的厭煩在心中鼓盪。我也曾試圖擺脫對運動的厭煩，但有許多緣由，使我對它的熱情一點點地被消磨……周遭的人所出之言、被鐫刻在登記表上的數字、過去被打擊的沉重……使我真心厭惡運動。

　　「你要不要要學看看腳踏車？」「為什麼要？反正我學都學不好，以後也不一定用得著。」我拖著滿是怨懟的臉，沉溺在書桌前的文字世界。「你不嘗試，怎麼知道用不著？」此時空氣沉了下來，即使我以肯定的語氣傾訴衷曲，卻在此時緩緩的被擊潰，周圍尋遍不著反駁的餘地。那一夜以後，我每日都與家人牽著腳踏車，在月光與微風之下，沿著橋邊窄窄的路，一路走到附近的自行車道，在清閒、幽靜的薰陶之下，我漸漸找到運動所能帶來的快樂。我最喜歡騎腳踏車，在那微風吹拂過後，一切都變得溫柔。夜晚中，只有輪軸運轉的喀啦聲，有時側耳細聽，甚至還能聽見草木低調的笑聲，在澄澈的明月之下，我的身影被拉長，一口氣延伸到世界的邊緣，讓我與未知的一切，靠得好近。

　　之後，我早晨都在下了公車以後，於站牌附近的租車站租腳踏車，揭起一日的序幕，一日之中，那安靜的幾分鐘，那浸泡在陽光的十幾分鐘，那完全無憂的十幾分鐘，點綴了

我的一天，只要穿梭在榆蔭繚繞的走道上，我便是一個沒有姓名的人，我可以盜取整片段日光，可以竊取都市角落的靜謐，這樣的幸運一直依偎在我的心中，一日日的擴大。

可是夢總有破碎的一天。

學會騎腳踏車的一年後，因為要準備會考，一切變得繁忙，漸漸無法抽空騎車，清風仍然徐徐，我的心卻平靜不下，夜景仍然清幽，我卻沒有時間再駐足欣賞。某天早晨我張開眼，覺得四肢甚是沉重，全身發冷，頭痛欲裂……因為過度忙碌，身體終於反應出疲倦，我得到了重感冒。於是，我沉在被窩好幾日，日日拖著疲憊軀殼，心中卻時時掛念著：「今天的考試我又沒考到了」「老師又複習了什麼呢？還能跟上嗎？」終於有一天，我的狀態穩定下來，早晨近乎以最雀躍的心情整理儀容，雖然仍有虛弱駐留顏色，但我高亢的心情將一切都擱置於後，剩下滿腔的歡欣。

下了公車以後，我因虛弱而放棄騎腳踏車的想法，走在熟悉的街，在思考著要怎麼和同學問早，在路上會不會遇到好友，又要和他們說什麼？開心縈繞我的心中，卻在那個路口煙消雲散。

「砰……」

我望著那片仍然澄澈的天，烈日當空，我卻感覺不到溫暖，那是我第一次與意外擦身，與所有未知都靠得好近。夏日的柏油路其實一點也不燙，我卻像接觸到熱鍋一樣，想快速抽離，想忘記被撞擊後，地板給身體的反作用力……想忘記，自己與公車擦撞這件事。

「你開太快了！有人被撞了啊！」「同學，你還好吧？」「同學，對不起！剛剛沒有看到你，我幫你叫救護車好嗎？」周圍的路人都上前關心，我卻像是抽離喧囂一樣，什麼話都

感覺離我好遠。那一倒，好像我的世界也崩塌，原有的絢爛瞬間褪色，一早的快樂在彈指之間被銷聲也匿跡，任何事物在瞬間都失去了意義。我從頭到尾保持著冷靜，好像保有平靜的心，就可以催眠自己沒有事發生，好像就能躲過這重大的打擊。

在那天以後，我開始害怕走在路上，聽見機車呼嘯而過、與汽車擦身、在巷子口遇見突然衝出的貨車……每每走在街頭，我便心神緊張，害怕當時情景再度重演，就像逃不掉的夢魘，依附、啃食我心，使安全感逐漸被掏空……別說腳踏車，就連走路都腿軟，那般清幽的光景，漸漸與我分歧，過去的排斥感又重回我心。

我最喜歡過去騎腳踏車，在那微風吹拂過後，一切都變得溫柔。

一切事物都有遇見瓶頸的時候，而人也有跌到谷底的時分，或許失去一切，但不論如何，任何事物只要經過時間的洗滌，自能被提煉出精粹，領悟放下，才會有更加璀璨的光景。那天在街角被撞倒的我，那時沿著街道偷竊榆蔭，怡然自得的我，那年在車道馳騁，再次愛上運動的我，經過時間沖刷，一切都有了新的感受……我再次踏上了腳踏車，聆聽輪軸發出的喀啦聲，再一次尋覓都市角落罕有的靜謐。

我喜歡騎腳踏車，在那微風吹拂過後，一切，都變得溫柔。

發射線上的戰役

李芷葳

　　站在發射線上，一支接一支地將箭射出，烈陽始我汗涔涔的額頭，像在下雨。手一不小心碰到金屬製的弓身，簡直是烤肉！但這一刻，酷熱的天氣依然無法壞了我的好心情，因為我能夠心無旁騖地做著喜歡的事情——射箭。

　　從小我就覺得能夠拿槍、耍刀，使用各種武器是很酷的事，所以當年紀符合標準時，我便堅決地告訴父母：「我想學射箭！」射箭是個大家耳熟能詳的詞，但是大概的印象都是與古代的狩獵或是戰爭有關，相較於棒球與籃球等全民運動，比較冷門，甚至有許多人不曉得有這門運動，於是父母便自然地覺得這是件危險的事，或許就是因此，令我對射箭產生更濃厚的興趣，而在練習時的潛移默化中，我學會了嚴肅謹慎地看待事物，更有了新的感動。我發現現今的射箭運動和武器、暴力毫無關係，不過仍是一場戰事，與自己的體力、毅力、專注力還有心緒抗爭。最重要的是，每位射手心中閃爍的目標，對遠方靶心的執著，那埋覆在沉穩之下的熱情。

　　計時器如號角響起，震撼我的耳畔，我將一切雜念屏除，凝視五十公尺外的靶心，我要征服它，射穿那畏懼勝負的不安。我冥想練習時反覆進行的拉弓與放箭，射箭的動作不複雜，不像籃球有跳投或是上籃等技巧——只有一種，精湛的技

術，其實就是動作十分的固定。有時總覺得射箭很像考試，在平時努力充實自己，提升能力，就為了在那刻，透過筆或是箭，將成績寫在眼前的那張紙上，而成績是好或壞，則由自己承擔。不論分數如何，都要欣然接受，並迅速自我檢討、調整，再來又是不猶豫、不畏懼一箭。我穩定的把弓舉起，讓準心不偏不倚的覆蓋遙遠的目標。將右手流暢的向後，將弦引開，拉至鼻尖，和嘴唇邊呈現一個堅固的三角。我等著，聽那夾箭片清脆的樂音響起，準備放箭。剎那，周圍的一切彷彿凍結般，除了箭羽如利刃，劃破那愜意的風兒，將眼前的景象分割成兩半，箭在半空中不停旋轉，最後銀亮的彈頭，筆直鑽入靶面的一響。我輕鬆將弓往前拋出一道熟悉的弧線，為戰事畫下句點。

在射箭的過程中，雖然看不到各種與對手對峙的戲劇化情節，也沒有正面交鋒的緊張刺激時刻。但是在那緘默的短短幾秒鐘內，我深信每一位射手在眾目睽睽的沉著神色下，都有一場戲正沸騰不已，盼望勝利的決心，不斷發動猛烈攻勢，綿延的烈火，燃燒懦弱的一堵堵高牆，竭力將一切的猶疑消滅殆盡。這齣藏在心牆內的精采好劇，是經過一翻磨練後，射手那能夠抑制各種情緒的堅強心智，也正是射箭的一大樂趣。

由於射箭，我體會了許多異於常人的經驗。在那一箭箭中，我淋了許多次大大小小的雨，在雨中靜靜地感受周遭的景物，學會觀察風向，與大自然有前所未有地的密切相處；在那一箭箭中，我學會如何控制情緒，不論是興奮激昂或落寞沮喪，都要理性的自我調適；在那一箭箭中，我看見了自

己不曾有過的堅毅與決心，能夠坦然的接受打擊，並勇敢地再次迎戰。

但我確實無法否認射箭的辛苦，從開始射箭的那刻，受烈陽大半天的烘烤，任雨水幾小時的不斷攻擊，都成了家常便飯。也曾有許多假日，必須去學校練習；經過訓練後，纖細的身軀與白皙的皮膚，也不同以往；生活除了讀書，又多了另一個目標——我必須準備學校的課業，同時也為射箭比賽努力。但我想就憑著那份對射箭的熱愛，使我縱使疲憊，卻仍願意持續不懈的在那戰場上奮鬥。

我握著那在陽光下，閃著金屬光澤的弓身，小巧的準心依然因透光，而呈現美麗的橘紅色。我想著在射箭場上，一次次的打敗過去的自己，我希望能夠更戰勝那遙遠的，五十公尺的距離，繼續征服眼前那只有指甲小的色靶，駕馭在忙碌的讀書生活中，我重要的興趣。這場發射線上的戰役，我為能夠做著自己最喜愛的運動，享受莫大的幸福。我為身為一位射手深深感動！

期待，下一站終點

王芃雯

　　騎腳踏車，從社子島仰望秀麗的關渡山景。縱是擾人的疲憊，也全在這一站終點，煙消雲散。

　　記得那是個特別的夏天，正式公布分班後，我從班導口中得知未來會辦以腳踏車出遊的校外教學，無論如何都要趕在校外教學前練成。於是，新學校，新挑戰。縱使當時的我面對那鐵鑄的「巨馬」不免心生恐懼，但分班已成定局，多學也有益無害，不如趁這個機會，為自己添一個技能。

　　因家裡沒車，使我得在每個假日前往公園租車。最初的練習是挫折的，人來人往的公園街道，來來去去的腳踏車並不少於行人。我只能任由那些馬兒從身邊疾速而過，自己卻仍在「原地踏步」。這些情景使一直以來畏懼跌倒而不敢騎車的我下定決心，就在此刻踩出第一步。就這樣，每週的練習讓我不再害怕「巨馬」，反而使我親近它，奠定日後旅途的基礎。

　　時光匆匆來到升八年級的暑輔。這個暑假，人生第一次的腳踏車之旅蓄勢待發，當頭而來。對於第一次的終點早忘個精光的我，只記得那兒臨近碧潭，離學校有一大段路。就這樣，當天早晨，技術還不精湛的我搖搖晃晃的踩著踏板，朝第一站終點邁進。

　　到了馬場町，便正式啟程。路邊的深褐全被片片碧綠點綴得所勝無幾，河邊的野薑不甘被那片綠打倒，紛紛不畏盛夏的烈陽努力探頭。都說是百花爭妍，白鷺鷥們卻也來爭個

風光，在河邊陪著野薑閒話家常就算了，那白胖的身軀還要聚集起來，將碧綠踩在紅腳丫下爭光，看來，在大自然生活，還是要有點「心機」的。即使老師臨行前千叮萬囑我們要專心當個安全駕駛，但面對大自然向人類的「爭寵」，我的目光早被那在河畔上演的戲碼收買，一時要回神過來怕是有些難了。第一次的腳踏車校外教學，雖然突發狀況不少，自己也摔了幾次。但當刻著「碧潭」兩大字的矮石在前方對我道過午安，那一刻，我明白，我愛上腳踏車了。

步行的校外教學不論車資、人力皆耗費頗大。一樣的體力，卻不可能像騎車，三小時內從古亭國中來往碧潭，也不可能在短暫的時間內，將路程景緻一覽無遺。雖然騎車比步行多了些風險，且在相同時間下，騎車所需的體力並不低於步行，但若以距離為重，省時的最佳選擇當然還是非腳踏車莫屬，還兼具運動與觀景的功能，這也是我愛上它的原因。

一直到寒假前幾天，對腳踏車的熱忱絲毫未減。聽說段考完後要趕在寒假前再辦一次腳踏車校外教學，此次終點站為社子島，比前幾次更富挑戰性。飽餐後的下午，我們出發。大地收起長達數月的熱情，如嚴師般，以陣陣冷冽訓練著即將飛翔的我們。嚴師固然嚴，但總是仁慈的。不忘為疲憊的學生準備更多「禮物」，當做補償。一路上，翠綠的山景，蕩漾的碧波。鷺鷥依舊雪白，野薑依舊盛開。沒有任何畏懼，沒有任何牢騷，所有馬場町居民，無視寒風，大家站著自己的崗位一展嬌容，同時，也展現著過人的毅力。近五小時車程，一覽關渡山景之際早已筋疲力盡。但能運動兼賞景，這站終點也算值得了呢！

每一次的旅途，每一站的終點。直到今天，我仍期待著，下一站終點。

Synaesthesia

卜翎倩

感覺相連症。

想像你的大腦中有五個分開的區域，它們分別掌管著視、聽、嗅、味、觸這五感。而當人受到外在刺激時，這些刺激便會運送到大腦中相對應的區域：顏色就送到視覺那裡，而冷熱則送去觸覺……以此類推。

而感覺相連症的患者，腦中掌管五感的區域卻是混和的。因此，他們可以看見聲音的顏色，抑或是聞到影像的味道。

方羽莫坐在醫院的診療間。

她看著醫生的嘴一張一合，冰藍色的字句從醫生口中緩緩飄向空中。

從小到大，她的世界總是充滿著色彩，圍繞在身邊令人眼花撩亂。小孩子的玩鬧聲是橙黃色的星星，同學們因考試壓力呼出的嘆息是如遙遠深海般的墨藍，而她的父母……那個顏色是如此的黑，有著宇宙的神秘。

確實，她常常無法看穿父母的思緒。或許，這是他們做為生意人特有的心思？畢竟……商場上複雜的勾心鬥角真的不是她可以想像的。

想到以後要面對的就是這些東西，方羽莫真的很想將時間停留在現在。

「……羽莫、方羽莫！」母親突如其來的呼喊把方羽莫

從雜亂的思緒中拉回了現實。「真是……這孩子怎麼總是這樣。醫生，真是對不住，我家女兒就是這樣，聽別人講話常常都心不在焉的。」

「沒關係的。」醫生像是能包容一切的微笑著。「小孩子嘛。而且得了這種病，想必她的世界十分豐富有趣吧，注意力分散是正常不過的。」

「醫生，這孩子還有救嗎？」方羽莫的父親厭惡的斜眼望向方羽莫。他可是費盡千辛萬苦才得到這麼一個孩子，他可不希望他的女兒是一個無法繼承家業的精神病患。

「這您就不用擔心了，等等我會開藥給她，一天一顆，狀況馬上就會有顯著的改善。」醫生的手快速的敲打著鍵盤，在方羽莫的病歷表上打上一行行的專業醫學名詞及術語。

「太好了！」方羽莫的母親露出放心的表情，雙手輕輕搭上方羽莫的肩。「你也很開心的對吧，羽莫？那個病，可以治好了呢！」

「……嗯。」方羽莫無奈的回應母親的感情。老實說，她完全不想要治好這個疾病，這樣就有理由可以不繼承爸爸的公司了……但絕對是不可能的吧，畢竟現代醫學是如此的發達。她偷偷在心中嘆了口氣。

「要乖乖聽話吃藥喔。」母親難得心情很好的順著她的長髮。

然後從那天開始，每天被鬧鐘聲喚醒之後，她迎接的不是清晨的陽光，更不是和煦的早晨涼風，而是高級白瓷杯盛裝的白開水，以及比白色瓷杯更蒼白的藥丸。然後，全部苦澀的吞進腹中。

她再也沒有看到過言語的色彩。世界的顏色彷彿在她吞下藥丸的瞬間，黯淡了整整一個色階。

　　隨後迎接而來的是，她人生中首次的音樂會。

　　由於她已經十三歲了，於是爸媽決定讓她開始慢慢習慣各種社交場合，同時把她介紹給其他合作企業的董事們認識。

　　方羽莫對這件事沒有任何抗拒，畢竟她很想看看音樂會的顏色……沒錯，那一天的方羽莫，瞞住了父母，偷偷把藥丸吐掉了。

　　世界在那一瞬間恢復了它應有的色彩。

　　方羽莫跟著父母走進音樂廳。一樓廣大的空間擠滿了一般席的座位，二樓和三樓則是高級包廂。她和父母走進的那間包廂位於三樓，由於位在音樂廳中央所以視野是數一數二的好，空間也非常寬大。那間大概就是整間音樂廳最豪華昂貴的包廂了吧。

　　「今天的表演是鋼琴喔。」母親這樣對她說。

　　方羽莫才剛剛坐定，樂音便悠揚地響起。

　　她頓時瞪大了眼，眼前浮現的色彩擁有著她從沒見過的美麗。那五彩繽紛的顏色是她的任何禮服都比不上的，耀眼的光輝比精細切割的鑽石更加的吸引人，加上演奏著沉醉於演奏的幸福笑容，構成了這樣動人心弦的畫面。

　　她陶醉在每一首曲子中，嘴角刻劃出滿足的笑容。方羽莫已經不想去管其他前來攀談的少爺大小姐了。事後被父親責備也沒關係，她現在只想把自己的身心靈都融入鋼琴聲中。

　　她終於找到了，比起勉強繼承家業，她真正想去做的事。

　　「……母親。」回家的路上，方羽莫向母親開口。「我……

想要學鋼琴。」這是她懂事以來，第一次向雙親提出要求。

母親看來也十分開心方羽莫終於願意向她開口索求些什麼，一口答應了方羽莫的心願。父親也認為學習樂器對於繼承家業沒有什麼負面影響，反而對企業形象有加分的效果，也就隨她去了。

「不過，前提是妳不能再偷偷把藥吐掉了。」母親有點擔心的皺起眉頭，伸手揉亂了她的瀏海。「媽媽只會答應乖孩子的請求喔。」

啊啊……所以到頭來這件事還是被發現了嗎？應該是被傭人發現之後去和媽媽告密的吧。方羽莫點頭示意母親她不會再犯。

「嗯，這才是我的羽莫。」母親溫柔的對她笑著，「明天就幫你買鋼琴喔，老師也會幫你找好的。」

母親沒有食言。

隔天，家裡被搬進一台典雅的白色平台式鋼琴，方羽莫也接收到母親的通知，晚上六點開始她的第一堂鋼琴課。

晚上六點，門鈴聲一秒不差的響起。方羽莫拉開對她來說依然有些沉重的大門，很是驚訝的看著門外的年輕女子。她怎麼都想不到，母親竟然把那天的女鋼琴家找來了……

「很驚訝吧。」母親不知道什麼時候站到了她的身後，「這是媽媽給你的禮物喔！她是來自法國的海倫·葛莉茉小姐。來，羽莫，和海倫小姐打招呼。」

「妳好。」方羽莫乖巧的一躬身，嘴裡自然的吐露出流利的法語。「葛莉茉老師您好。」

「妳好，你會說法語啊？」海倫·葛莉茉看來很是驚訝，

「小小年紀真是了不起呢，想必鋼琴也會學得很快吧。」

「您過獎了，只不過是因為從小開始學的緣故而已。」方羽莫謙虛的答道，隨後抬頭望進她未來鋼琴老師的雙眼。「我的名字是方羽莫。那麼老師，我們可以開始上課了嗎？」

「呵呵，當然。」海倫看到眼前這位小女孩對鋼琴的渴求，不禁想起了小時候的自己，輕聲笑著。「那麼，我們就從基本的觸鍵方法開始吧——」

樂音響起，簡單的音符漂浮在寂靜的空氣中，女孩子嬌小的雙手在琴鍵上摸索，謹慎的按下黑白相間的色彩，從黑白誕生而出的音色，展現著遠遠超越於黑白的彩度。

寂靜的大宅，從這天開始，每天不再靜寂。

一個禮拜、一個月、一年……

方羽莫學琴學得很快，一年後，在各地區的小比賽中已經小有名氣，家中的展示櫃也撤下了高價古董，放上各式優勝的獎盃、獎牌。

從一開始的「一指神功」，到能夠順利彈奏出和弦，而現在，各式名曲樣樣難不倒方羽莫，信手拈來就是一段悠揚的聲調。在這個時候，葛莉茉在某次上課，方羽莫以驚人之姿彈奏完大黃蜂進行曲後，她問，「你……為什麼想學鋼琴？我想，應該不只是像你學法語一樣，單單只是因為父母的要求吧。」

「嗯，」方羽莫應聲道，輕輕撫摸琴鍵的手指按下正觸著的音，中央 DO 朝氣飽滿的聲音填滿了廣大的琴室。方羽莫聽著響亮的琴音迴盪在耳邊，滿足的勾起嘴角，「我聽完你的音樂會之後，覺得……鋼琴的顏色很漂亮。是我從來沒

有看過的顏色、讓人覺得很舒服的顏色。然後，我也想要學會彈出那樣的色彩。」

葛莉茉一驚。她的學生……剛剛說的是顏色嗎？

方羽莫沒有發現一旁葛莉茉詫異的神色，自顧自的繼續述說，「所以回程時我和母親說了想學，她也答應了……啊！至於老師是葛莉茉小姐這點，是母親自己決定的，她說了是給我的禮物呢……」

「等等，」葛莉茉打斷講得忘我的方羽莫。「你說你……覺得顏色很漂亮，沒錯吧？難道你看的到聲音嗎？」

「看的到。」方羽莫坦承，從口袋拿出藥丸。不知道為什麼，她聽到這個問題的時候，看起來十分緊張。「不過不要緊，我知道這是一種疾病，看完音樂會之後也都有在吃藥，症狀也不會再出現了，所以……」

「為什麼要吃藥啊……」葛莉茉懊惱地嘆氣。要是她之前有發現就好了……不，既然在遇見她之前就開始服藥，那麼還真的會讓人難以察覺。

「欸？」方羽莫十分不解。這和她從小被教導的觀念不同啊……明明醫生在她小時候都會告誡她，時不時提醒她一定要吃藥的啊！醫生說，雖然和感冒不同，並不會感到不適，也不會演變成重症，更不會有生病危險，但感覺相連症身為疾病的事實不變，所以還是得吃藥的……

「為……為什麼？」方羽莫的腦袋有點混亂。「明明是疾病為什麼說不用吃藥？可是醫生畢竟是醫生……但是老師……」

葛莉茉看著因為她一句疑問而混亂的方羽莫，輕嘆了口

氣，鋼琴家纖細美麗的手指摸上方羽莫的頭頂，就像她方羽莫母親常常做的那樣，安撫著她。

然後等方羽莫稍稍冷靜過後，葛莉茉正要開口，準備解釋方羽莫方才那番混亂的同時⋯⋯

琴房的門被推開。

「葛莉茉小姐⋯⋯」是方羽莫的母親。「不好意思，打擾您一下。」

「？」葛莉茉不解地起身，「好的。」

葛莉茉隨著羽莫母親的腳步移動到琴房門外，羽莫的母親掩上房門，微慍的開口說道，「我很榮幸能夠由你這樣優秀的鋼琴家來教導那孩子，我們方家非常感謝您，只是⋯⋯請您別做出越矩的舉動。」

葛莉茉沒有回話，只是不解的望向羽莫母親的雙眸。

「她是我們唯一的孩子，而她將來必定成為方氏企業接班人的事情，您應該也是明白的。」看到對方肯定的點頭，方羽莫母親滿意的繼續說下去。「而身為一個企業的領導人，不可以是個有缺陷的人。這樣子，您覺得員工們會心甘情願的接受他來領導他們嗎？而外界知道了又會怎麼想？您這樣要我們羽莫輕視她的病症，進而毀了方氏企業、甚至是羽莫的未來嗎？」

「我明白了，是我沒顧慮到這麼多，但是⋯⋯」

「很好。」羽莫的母親不等葛莉茉講完，自己又擅自接下了發言權，「既然你懂了，相信您也能理解我接下來的決定。」

葛莉茉吞了口口水，她從剛才的話語中看到了不祥的色

豐穗 —— 古亭青年文藝獎十一週年精華集 ——

彩……

「我們方家要解雇你身為羽莫鋼琴家教的身分。」羽莫的母親冷漠的道出她對葛莉茉的判決。「為了避免之後再發生類似的事，我認為這樣是最好的選擇，相信您能夠理解我們的苦衷。」

「沒關係。」葛莉茉勾起營業性的笑容，推開琴房大門。「我進去收拾琴譜，先向您說聲道別了。」

「老師……？」方羽莫狀況外的看著葛莉茉收拾的動作，不安的玩弄著剛剛看著的琴譜書頁。「今天……下課了嗎？」

「是。」葛莉茉背起背包，「不過今天有點不一樣，我之後不會再來了。」

然後，葛莉茉在方羽莫急切的問句中頭也不回地走出琴房，婉拒了大宅女主人的好意相送，獨自一人踏上佔地廣大的花園。

她行走的速度越來越緩慢，最後乾脆停下了腳步，轉身——方羽莫正好追上她。

「怎麼追出來了，母親呢？」葛莉茉的眼底帶著笑意，故意裝作驚訝的樣子問向她的得意門生。

「討厭，」方羽莫噗哧一聲，露出大大的笑靨。「當然是爬窗子出來的啊。明明早就知道我會出來的還明知故問……」

「那麼，藥呢？」葛莉茉試探的問。

「放在鋼琴椅上了。」方羽莫微笑。

「然後我又重新找回了聲音的顏色。」身著深色典雅禮服的女子笑著向眼前的男童講述道。「老師牽起我的手，帶

我離開家族的枷鎖，真正用完整的感官接觸了音樂——故事說完了。」

「哇……」男童驚嘆道。「羽莫姊姊之前好有錢啊……」

「那個是重點嗎？」方羽莫有些無語地看著完全放錯重點的男童。

「嘿嘿，羽莫姊姊好厲害」男童崇拜的用閃閃發亮的眼神目不轉睛的盯著方羽莫看，「我長大以後也要這麼厲害，要把羽莫姊姊的音樂全部畫下來！」

「真的嗎？」方羽莫開心的笑了，撫摸男童柔軟的髮絲，就像之前母親、而現在葛莉茉常常做的一樣。「我很期待喔。」

「羽莫，」老舊的拉門被推開，門外招牌上大大「孤兒院」三個字清楚的映入眼簾。「時間差不多了，你應該不想錯過你個人第一場的個人音樂會吧？」

葛莉茉靠在牆上，微笑著看著方羽莫和男童。

「當然！」方羽莫小跑步跑向恩師身旁，臉上露出既期待又緊張的笑。「我們走吧，開始之前我想再調一次音，也想再讓你確認一次，還有啊……」

男童看著方羽莫開心的背影，靈機一動，握住手中的蠟筆，開始描繪方羽莫笑聲的色彩……

小說組優選

西　風

余宗鑫

自行火炮 1

　　一張大圖紙被黑色的線密密麻麻的圈來圈去，在其上又以鉛筆仔細分成 17 橫排與豎排，每一豎排用數字一一標上，1、2、3、4……而橫排用字母 A、B、C、D……一幅有座標的等高線圖就完成了，最左上角是 A1，向右一個是 A2，而向下一格是 B1，而這幾塊又都被 1 條標著「20」的黑線圈起來……看著這張圖的鎳及不禁有些眼花，在圖的右下有一個紅色的小叉，代表現在的位置，他伸手撫摸那個紅點，旁邊 10 的黑線標出高度，從地圖上抬起頭，任憑風就這麼劃過自己的脖子，留下早春的涼意。知道看著自己坐的這個營地，在地圖上只是一個小圈，就有種不可思議的感覺。

　　「你知道為甚麼我們砲兵要拿等高線圖嗎？」

　　指揮這輛自走火砲的車長黎可緩緩的在鎳及身邊坐下，據其他成組員說，他是和這台自走榴彈砲相處最久的人了，對新人也很友善。鎳及搖搖頭，向旁邊讓出位子，車長在旁邊坐下，緩緩說道：「我們砲兵是為了解決一般的戰車無法解決的目標，用榴彈從空中進行打擊，所以必須打得精準，打得漂亮，出其不意，連射擊時對方的高度都要考慮。因為只要目標開始不規律移動就很難打中，所以要和前線偵查車配合的天衣無縫。」他頓了頓，看著鎳及的眼睛說：「我們的自行火炮不像一般坦克有砲塔，所以就要看你和瞄準手的

配合了。」鎳及似懂非懂的點了點頭，還不知道即將來臨的磨難。

清琴戰車 1

　　凱吉坐在清琴的砲塔上聽風，從手下傳來冰冷的金屬觸感，清琴是少數戰前製造的偵查坦克，速度快，裝甲薄。「這麼説來，開戰後已過了快一年了……」戰前的軍事製造經費多，時間也多，每一台戰車都可以在工匠手上細細打磨，跟「戰時製造」的水準不知道差了十萬八千里。只是，這樣的戰車越來越少了，不是被擊毀，就是被拆了當零件。凱特長嘆了一口氣，把精神轉回手邊的工作上：修改地圖順便巡邏。四周都是鳥鳴，這才讓人覺得春天來了。拂面而來的風實在溫暖，要是——

　　「這麼好的天氣，拿來打仗真是太浪費了，你説是吧，車長。」坐在下面駕駛艙的瞄準手帝夫的聲音從耳機裡傳來。

　　「安靜得讓人想睡覺呢！」

　　駕駛員席乃的聲音輕柔的附和，她是上個月剛來的女生，雖然還不大適應戰場，但在開車上算有天分了。凱特一邊想著這些無關緊要的事，正準備開口回答，但覺得有哪裡怪怪的。安靜？鳥鳴聲哪裡去了？凱特才發現四周已經籠罩著一種不祥的寂靜，鳥兒不知何時開始噤聲不語，只有風聲無視凱特的恐懼，還是自顧自地吹著，凱特深吸一口氣，壓下左耳的通話鈕……

自行火炮 2

　　「發現敵軍，重複，發現敵軍，座標 E4，高度 0，請求支援，重複……」

　　被喚醒的早晨，鎳及踢掉毯子，奮力從位子上站起，從架子上拉下耳機待在自己頭上，深吸一口氣，回覆道：

豐穗——古亭青年文藝獎十一週年精華集——

「這裡是 105 砲兵中隊，需要幫忙嗎？」

「有，請求攻擊向 F5 成一列縱隊向東南 159 度行駛的兩輛中坦，我會射擊頭一輛坦克。請你準備開火，他們還有 1 分鐘就要進入開闊地帶。」

鎳及轉頭向瞄準手示意，自己的手則握上自行火炮的操縱桿，仔細盯著指南針，在心裡加上 180 度，然後開始把戰車的方向向左微調，引擎發出低吼，這輛 8 噸的怪物開始移動。西北 236，237，238，239 度，「准了！」鎳及大喊。放開操縱桿。瞄準手也「喀」的一聲鎖定砲管仰角。「所有人停止動作，快戴上耳罩！」按住耳機的黎可大喊。瞬間，車內安靜下來，什麼都聽不到，只有流水般的靜，連風都停了下來，不願干擾這片刻的寧靜。這種僵持停了數秒，還是數十秒？還是幾分鐘？鎳及也搞不懂了，亦沒有聲音，就像時間也停下來了一樣。

「轟！」開火時的後座力瞬間震盪全車，甚至有種力量把人鉗在座位上，起不來。灰塵從桌上震落，震波也炸開空氣，颳起一陣狂風，好像要把剛才的寧靜全都爆發出來，久久不散，只看得見一道白線衝出砲管，硬生生把厚重的雲層撕開一道縫隙，讓光線趁隙而入。車長黎可按住通話鈕，扯著嗓子急吼著，好像要把每個字都吐出來一樣：

「榴彈已發射，榴彈已發射，還有 5 秒到達目標，4 秒……」

「了解，這裡是輕坦組，你們成功擊毀一台！更改座標！E5 重複，更改座標 E4 東南 145，我們開始衝鋒！請你們準備開火，結束。」

在無線電裡還聽的到濃濃砲聲，一瞬間只剩下無線電的

雜音。對於甚至生死未卜的偵查隊友，鎳及能做的，只有確定地標，把砲管轉到對的方向。在確認地圖後，他深吸一口氣，緊緊攥住冰冷的操縱桿，緩緩前推。

清琴戰車 2

「請你們準備開火，結束。」說完，凱吉鬆開通話鈕，對著車內說：「各位，這幾個月，能和你們共事是我的榮幸，這一次，對方的裝甲和火力都是我們的四倍以上，我不知道能否……」

突然，一個銀色的吊牌被丟向凱吉，打斷了他的話。凱吉抓起來一看，是裝填手的軍籍牌。凱吉驚訝的抬起頭，望向瞄準手帝夫。

他靦腆的笑了一下，說：「如果回不來的話，就交給你了。」席乃也扯下自己的軍籍牌，笑了一下，丟給凱吉「交給你了。」「交給你了。」……在這個冰冷的灰白空間，瞬間變得吵吵攘攘，大家嬉鬧著，推著，撒了一地的笑聲。凱吉和大家一同笑著，同時默默讓軍籍牌在自己的手掌上劃下一列血痕。

清琴戰車 3

清琴在席乃的手上半失控的沖下山坡，瞄準手帝夫旋轉瞄準鏡，盯著山腳下的那台主力坦克，正面裝甲除了最脆弱的窺視鏡，幾乎和一堵牆一樣厚，準星不斷搖晃，該死，這個距離這樣絕對打不中。敵方戰車想必是發現我們了，逐漸停下來，緩緩地將砲管對準在山坡上快速移動的清琴。

「席乃，閃避！」車掌凱吉下了指令，敵方戰車開火的瞬間，清琴及時煞車，砲彈驚險的擊中前方的草地，土塊四散，炸出一陣熱浪，帝夫透過瞄準鏡都感受得到燃燒的熱度。清琴輾過還在燃燒的巨大彈坑，轟鳴聲震天，乘著對面裝彈

的片刻，清琴衝下山腳，與對方只有一箭之遙。帝夫猛地吸氣，把專注提升到最高，而手穩穩地握住扳機，向著對方正面裝甲的弱點集火，第一發砲彈打偏了，撞在裝甲上迸出火花後彈開，凱吉立馬踢出彈殼，補上另一發彈藥，帝夫側耳細聽，隨著一聲清脆的喀擦聲，砲彈已經上膛。

帝夫看著對方和自己越來越近，不，是自己以高速靠近對方。敵方開始校準砲管，清琴繼續向前，距離近到可以看到對方戰車那大得可怕的砲管，還有那砲管中漆黑螺旋的膛線，帝夫有種預感，被這傢伙打中車體，肯定屍骨全無。更近了，兩方砲管已經交錯，這距離，沒有人會失手。凱吉突然說，「帝夫！把砲塔向右旋轉90度！席乃！裝成要向左開！準備左邊懸掛的手煞車！」帝夫瞬間明白車長的用意，毫不猶豫的照做。清琴搖晃了一下，開始偏左行駛，看起來就是要貼身繞到對方戰車背後開火的樣子，想必對方戰車內現在一定亂成一團。果不其然，隨著距離越來越近，敵方戰車開始瞄準清琴的前方，先開了第一槍，「煞車！」席乃毫不猶豫的拉起手煞車，清琴瞬間向右飄移。「唧——」履帶摩擦地面，火花四濺，砲彈筆直地向前方飛舞，清琴也煞不住的一路往前，眼看戰車與炮彈的距離不斷縮短，帝夫下意識的想抓緊掛在脖子上的吊牌，卻突然想起已經交給車長了，他只能苦笑著握緊扳機，注視敵方的砲彈伴隨著火焰，再以慢動作開始緩緩前進，據說將死之人會看到自己一生的回憶，帝夫也想要閉上眼為自己帶來一絲絲的安寧，但卻做不到，只是大睜著眼，看著砲彈捲著火苗，旋轉著，如此美麗，又如此可怕，如同一隻棲在死神肩上的鳳凰。帝夫閉氣凝神，看著炮彈擦過砲塔，轟然巨響從後方傳來，閃過了！他嘆了口氣，盯著裝甲最薄的地方，扣下扳機。

自行火炮 3

　　這件事，不是鎳及親眼所見，是他在戰地醫院的病床旁，聽倖存的成組員你一言，我一語的拼湊出來的：

　　「當時啊，我們和對方只有不到 5 公尺距離呢，閃過了對方的炮彈後才扣下扳機，你說是吧，帝夫？」

　　凱吉面帶笑意，興奮的在病床上手舞足蹈，讓人擔心病床會不會塌下來。面色鐵青的帝夫顯然還沒恢復過來，但還是沉默地點了點頭。

　　席乃遞給凱吉一杯熱水，接著說：

　　「清琴的煞車和履帶都被操到要重換了，嚇了我一大跳，要不是我有控制力道，早就翻車了……」

　　說完似乎還是有點不服氣的蹶起嘴。鎳及苦笑著看向手邊的紀錄，被擊毀的敵方戰車，砲彈一個人用手都不一定圍得住，裝甲是清琴的四倍，在東部戰線平均要八輛清琴才能擊毀一台……「這些人真的知道自己做了一件史無前例的事嗎？」鎳及不禁看向天空，對著微風喃喃自語。

第八屆古亭青年文藝獎
優勝作品精選

第八屆古亭青年文藝獎得獎名單

新詩組

首獎：907 李芷萱〈蒙太奇〉

優選：907 李芷葳〈城南水岸〉／903 黃瀞儀〈冰淇淋〉

佳作：806 吳芸宴〈幾何〉／703 呂宸安〈壓抑〉

　　　907 黃淑琪〈蕃茄〉／807 顏子騂〈燭台雙嶼〉

　　　802 趙恩群〈雲端〉

（評審：楊維仁老師、陳欣瑀老師、李姬穎老師）

散文組

首獎：905 王芃雯〈眷戀你的溫柔〉

優選：907 于雨仟〈手心的餘溫〉／806 王品淳〈那一味〉

佳作：804 姚謙柔〈繁星之下〉／903 卜丹晴〈微笑〉

　　　704 曾敬婷〈眼淚〉／706 袁俞安〈爸爸的拿手菜〉

　　　706 蕭沁惠〈憶幻想社〉

（評審：黃惠貞老師、黃郁芸老師、詹培凱老師）

小說組

首獎：906 郭靖珩〈真相〉

優選：906 鄭安妮〈德爾菲神諭〉

佳作：904 盧欣昀〈記憶〉／706 連亮惟〈西元 2101〉

　　　705 羅　依〈暗夜〉／902 藍沁妤〈命憂師〉

　　　807 柯堉晴〈人〉

（評審：簡妙如老師、李麗文老師、黃昱綺老師）

蒙太奇

李芷萱

微光喚醒——
那天　一格一格
黑夜闔上鏡頭
註記　星空與我的結語

日子總愛吞下　情懷吐露的墨痕
月份似蒼天誦讀一篇詩句
追逐　取名印象的浪頭
我　向海角林野
撿拾　光影倒轉的足跡
腳本佈局　我
沾了涕淚當雨滴
向塵囂借了點　時間
諦聽未來　轉自記憶的
叩問

一格一格
填色青春的影像
隱隱回顧
從前　關於我的

新詩組優選

城南水岸

李芷葳

城南陰雨的岸邊
我得將傘拋棄
任雨水　滴穿邏輯
引一道瀟灑的溝渠
讓和風帶著新店溪水
盪漾藝旦的樂音

滲入木格窗內
滿園的草綠
隨著茶香與酒氣
流經　一個個墨客
如風過時　樹影的顫動
即使今天
也拌了點囂塵

細聽──
木廊上　低徊的跫音
詩句踏著足印
向記憶深處尋覓
文學於心底盤根
深植　這座森林

冰淇淋

黃瀞儀

向來最憎恨
如火流光
熾熱的殘忍
灼融著冰涼肌膚
分秒催殘紅顏
緊實的　鬆弛著

腮紅不止　粉底不斷
重新聚集著
妄想
再次凝結
甜筒曾有的可口

新詩組佳作

幾　何

吳芸宴

不規則的心型面積
沒有公式可參考
代入一切未知
或許
藍天加上老鷹　是豪爽
農地減去害蟲　是豐碩
黑夜乘上月色　是孤獨
公寓除去冷漠　是溫純

試著用　單純的算術
不經意地　切割成心房
和　心室
是一間又一間的　夢境
此題　無解
抑或者　無限多解？

眷戀你的溫柔

王芃雯

一個星期天的早晨，我來到遍佈蒼翠的公園。朝旭透過扶疏的枝葉灑落在肩，隨後便輕易地破碎在地。早晨的東北風凜冽刺骨，迫使我仔細去感受腳底疏落的餘溫。或許實在太過寒冷，恍惚間，一段記憶驀然於心湖泛起陣陣漣漪。

那年冬天也是這般寒冷，卻因你的陪伴而變得溫暖，那樣的暖意，想必是晨曦無論如何也無法達到的。

於是，即便時隔多年，我依舊眷戀著，那些你給的溫柔。

約莫五年前，家裡來了位新成員。那是一隻戴著銀色揹帶的潔白倉鼠，家裡人說牠不久前才來到這個世界，今後便會成為我們的家庭成員之一。

望著初來乍到，如糯米團般圓滾滾的小生命，我的心底充滿了前所未有的喜悅。背上的銀色雪線，為牠小巧玲瓏的白色身軀襯得別具特點。於是急於取名的我飛快地轉動大腦，靈感登時從無數的齒輪中跳脫而出──不如便稱呼牠為「小銀」吧！

從那天開始，我每天餵食小銀最喜歡的飼料，每晚將牠放在臉盆裡，陪著好動的牠嬉戲。隨著時光推移，原先宛如毛絨公仔的牠長大了許多，我便在每個星期天帶著牠來到遍佈綠蔭的公園，於微風輕拂下，在百花齊放的磚道上，開啟只屬於我們的微旅行。

　　就這樣，不論晴雨，我們都相約好在日日別有風情的公園裡，感受著春天才有的無限光景。晴空萬里，我們便靠著蓊鬱的花叢，嗅著清新淡雅的花香。春雨迷濛，我們便坐在復古的亭子裡，聽雨聲淅瀝，看煙雨朦朧。

　　不久，家人替我報名了直排輪課程，那時正值盛夏，我依舊攜著小銀來公園散步。只不過這次我卻多了份工作——練習直排輪。作為平衡感不佳的初學者，我時常摔跤，最後只得扶著欄杆盡心苦練，才能於跌碎骨頭的風險中倖免。

　　接連不斷的挫敗，終於使三分鐘熱度的我倦怠疲憊。當我感到筋疲力竭、想澈底放棄的時候，一股暖流驀地向低潮失落的我奔流而來。我轉過身迎向那突如其來的暖意，對上的卻是小銀映上陽光的雙眸。

　　那雙眼彷彿早已將人語中的一切鼓勵用詞訴說殆盡，牠目不轉睛地看著我，直到我明白了牠想傳遞的訊息——永遠不要輕言放棄。

　　這句話深深打進我軟弱的心底，我是個容易半途而廢的人，從小到大，我從來沒有過將一件事從頭到尾好好做完的經歷。

　　而在孟冬時節將初級直排輪澈底學完，是我生命裡第一段堅持到最後的經歷。

　　冬天的公園太過嚴寒，我沒辦法帶小銀出門散心，便帶牠來到我的房間裡，打開收音機收聽令人身心放鬆的抒情歌曲。昏黃夜燈下，牠依偎著柔黃色的燈光取暖，我則坐在牠的小城堡前靜靜望著牠潔白的身影。

　　小銀的存在，似乎使得嚴寒的冬夜都變得溫暖。別的不

想，我只祈求這短暫的溫存，能夠受到童話魔法的渲染，化為永恆。

北風吹過，便是東風的到來。百花再度盛開，小銀的狀況卻不甚樂觀。牠愈發沉靜，似是失了力氣一般，宛如一名老年人，漸漸沒了活力。見牠如此，我越發心慌，生怕年邁的牠，會在某個夜晚不告而別。

我依舊帶著牠到公園散心，牠卻時常在路途中陷入深眠。春天已近尾聲，枝上的櫻粉紛紛萎落，宛如牠於風中飄搖，若即若離的氣息一般。

熏風催醒了夏荷，一個星期天的早晨，小銀的身體變得冰冷，如同我澈底破碎的心靈一般。我抱著牠哭泣，卻意外見到牠再度睜開了眼睛。那雙眼瞳中再沒有過去的神采飛揚，反而變得乾癟無神。我明知現在的牠定是痛苦萬分，只有通往西方世界才能使牠獲得解脫。卻依舊自私地告訴牠不可以睡著，自私地輕晃牠瘦小的身軀，試圖將牠從無邊的夢境中尋回……

五年後的星期天，我再度來到充滿回憶的公園。小銀曾在這裡，將五年前的每個星期天變得安穩祥和。如今故地重遊，那段我曾眷戀不已的溫柔，彷彿隨著飛揚的思緒，再度於眼前上演。

曾經看過一部動漫，名為「眷戀你的溫柔」。我想，單憑這句話，便足以詮釋這段無比纏綿的舊憶了吧？

小銀，彼岸的你，近來可好？

散文組優選

手心的餘溫

于雨仟

　　直到早上起來，走進廚房，沒看見坐在餐桌旁吃著早餐的身影，我才知道，您是真的離開了，毫無準備，措不及防。

　　打從我有意識以來，就是阿公、阿嬤一手把我們四個拉大的，我是家裡最小的，所以阿公特別疼我，但小時候根本不懂事，不知道他們這麼做是為了我好，只覺得，為甚麼阿公那麼兇。時間到了，就必須上床睡覺，記憶還特別深刻，您總是會拿著一根棍子，坐在床部旁邊盯著我們睡覺，誰要是不睡，一棒就下來了。早上七點鐘「鈴—鈴—鈴」，「起床了！誰要賴床就沒有早餐吃喔！一分鐘以後，你們最好全部下床換衣服！」由於阿公是老兵退休的關係，總是特別自律，早上六點半就一定起床刷牙洗臉，七點前吃完早餐然後帶我去上學，我從幼稚園開始阿公就教我搭公車上學，直到小學一年級我才開始自己搭車。一到吃飯時間，全家都必須到餐桌前吃飯，沒有電視可以看，飯桌禮儀也都特別注重，小時候吃飯常常吃到哭，常常因為不懂禮儀而挨罵挨打。例如：拿筷子的方式或是夾菜時和別人交錯「啪！」阿公筷子已經打在我手上了，直到現在我出去吃飯，我還是會特別注重禮儀，阿公教給我的我都刻骨銘心的記在心裡。

　　您經常說：「靠人不如靠己。吃虧就是占便宜。你一定要記得阿公說的話，能自己做到就不要麻煩別人。」所以遇

到挫折或是不公平的事情，我都會在心裡默默地重複一次您說的話，我就可以平復一點情緒，記憶中有一次姊姊說要帶我去上學，叫我可以起得晚點，所以我起床時已經七點十五分了，我去叫姊姊，她竟然叫我自己去，我從家裡到學校起碼要四十分鐘，七點三十就遲到了根本來不及，那時我急哭了，阿公走過來拍了拍我，說：「記得我說的，靠自己。」我當時把眼淚擦了，拿起書包自己搭車去學校，之後我再也沒有麻煩別人載我去上學。到了我國中的時候，阿公的身體開始日漸變差了……

有一天晚上在睡覺時，突然被嘔吐聲給驚醒，睜眼後發現，阿公抱著垃圾桶在吐血，當時真的是被嚇到了，馬上叫了救護車以後，到了醫院才知道是胃出血，出院後阿公瘦了一大圈，加上要心臟要開刀，身體都快負荷不了了。阿公的心臟一直都很不好，開完刀以後，走路是比較不會喘了，身子卻比以前虛弱太多了，沒有辦法每天早上繼續散步了，吃得也比以前少了……

一天我放學後，到家，阿公依舊坐在椅子上看著電視，我也就沒多想，去房間玩手機，等飯煮好，那天家裡只有我、媽媽和阿公，所以菜色也沒有很多，吃到一半時，阿公突然噎到了，本來以為已經沒事了，但阿公的臉色越來越差，原本打算叫救護車，阿公堅決不要，又是說想小便，媽媽就扶著他去廁所，我還坐在飯廳，突然！「爸！爸！爸爸！你回答我，爸爸！叫救護車！快點打一一九。」我用著顫抖的手，撥出號碼，原本阿公還有一絲絲的呼吸，等我進去後，阿公已經沒有意識了，趕緊撥回去，跟著電話中醫護人員的指示

和節拍，做心臟甦醒，一下下去的時候，傳出「喀」的一聲，是骨頭斷裂的聲音，我當時已經傻了，眼睛都模糊了，直到救護人員到場，我的背已經抽筋了，他們把阿公抬到客廳的地板上放下，問了我和媽媽一句：「要急救嗎？」我媽崩潰的跪在地上哭，當時我一直告訴自己「不能哭！不能哭……我要冷靜。」我走過去抱住我媽，在她耳邊說：「阿公如果急救會很痛苦，媽媽，讓阿公好好走吧。」我對醫護人員搖頭，接著他們就將阿公的大體抬進房間，然後說是心臟衰竭死亡。我當時眼淚，一滴一滴無聲的掉落，卻也是對阿公最大聲的抗議。

　　隔天早上走到客廳，一如往常的打開阿公的房間門，才發現房間沒有人，我望著您的座椅，才發現，您是真的走了，手心，還留有您的餘溫。

那一味

王品淳

　　在這繁華擁擠的城市裡，我們過著忙碌的生活，我看著街上的人，他們完美整齊，但我卻覺得他們少了一種味道，一時想不出是什麼，所以我並沒多想，只是繼續往前邁進，但奇怪的是我踏出去的每一步都越來越沉重，或許是地球在告訴我些什麼？

　　快過年了我們家要去了市場買過年要做的年菜，到了市場有許多的菜和肉，卻有許多菜價都漲了，不得不說，景氣越來越差了，就在此時，我身旁有位男子撞到我，卻只是看看我轉身就走，到了這時我才搞懂了，我們缺少的那一味，是人情，我頓時懂了許多事的原因，或許是少了一些人情味，我們才總是忙碌的奔波，忘了停下腳步看看這世界的我們，在這忙碌中變了多少，在想想這世界多了點人情味，又會變多少，我站在原地想了許久，如果多了人情味，大家就不會亂丟垃圾，如果多了人情味，就不會有全球暖化，許多事就不會發生，我突然覺得人是可怕的，是悲哀的，但我又能如何，我也只能不發一語的跟著他們腳步走，我感到難過又無助，但或許這顆地球感到更心痛，不，不只地球，在地球上生存的植物和動物們應該感到更無奈。

　　寒假還有一個星期，我們家卻突然回雲林老家，爸爸說要回去老家看看，看看山也看看海，順便看看老鄰居還在不在，我們老家沒有人，因為經濟，大家都搬到大都市去了，但還是有些鄰近還在，但都是我爸爸再老一輩的爺爺奶奶，

所以一下車就看到廣大的稻埕，進去房子裡也是空無一人，讓我瞬間想去那冷酷無情的大都市台北，但我們到這裡沒多久，隔壁就有一位婆婆來敲門，開門後一看到我爸爸，就開心的打招呼，我們雖然有點驚訝但更多的是驚喜，我們走著走著逛到老街的入口，於是我們到裡老街走走，街上的攤販都很有朝氣，和我們的大都市比起，這裡的人似乎更開放也更加開朗活潑，我走著走著，邊走邊拍照，一不小心就將他人店外的食物給撞到地上，我驚訝的蹲下身子，急忙撿起食物一邊喊著對不起，幸好食物有包裝，不然要付錢了，但令我驚訝的不只是食物掉地，而是店家笑著說沒事沒事，如果是台北的店家，我可能就被瞪幾眼後冷言冷語了，店家的親切態度和大方的個性讓我感到一陣暖心，我將店家的笑容捕捉下來，也不忘離開時買幾包店裡的名產。

回台北時，我在車上想了很多，雲林的人似乎多了什麼，就在我百思不解時，爸爸下車買花生，在買家放花生到塑膠袋裡要秤重時，我分明看見秤重機上量的價格是三百，賣的人卻說二百，我好奇的問了：「不是三百嗎？」，對方卻回了：「大過年別想那麼多！」我懂了，當下那阿伯爽朗的回應，我知道終於雲林多的是熱情，我在上車時將賣花生的阿伯拍了下來，這趟老家之旅使原本因台北人忙碌而傷心的我，得到雲林人滿滿的熱情。

如果我們做事時能多點熱情，想事情時能多點人情，會不會有許多事情因此改變，我或許很改變不了這世界的冷酷，但大家可以每個人多點這種想法，我們生活的地方是不是能更好，地球是不是能更健康，經濟是不是能更發達，或許還有更多更多能改善的，所有別覺得自己的力量微薄，當大家的想法都一樣時，力量遠遠比你想的還巨大。

真　相

郭靖珩

　　「我在哪？」沈之耀躺在炙熱的沙灘上，豔陽射入沈之耀眼中，瞇成一條線，他坐起來，手扶著額頭，望著一望無際，沒有盡頭的海平面……

　　前一天，一艘由高雄港開往帛琉的小船，載著植物研究所副所長沈之耀及幾名中研院的研究員，前往帛琉進行植物採樣。當晚，暴風雨來臨，風大浪濤，狂風暴雨，沈之耀正準備就寢，看著窗外的景象，嚥了口口水，便熄燈上床。

　　「機房進水了！」「抽水幫浦沒有用嗎？」「快把所有人集合到甲板，全體就棄船部署！」

　　暴風雨導致聲納器與雷達皆失靈，小船偏離航道後因天色昏暗而撞上暗礁，使船艙進水，船身開始傾斜，這時沈之耀驚醒，發現海水從房門灌進船艙，趕緊帶著隨身背包，連滾帶爬的爬出窗外，發現唯一一艘的逃生小艇已經開走了，前有追兵，後無退路的沈之耀，穿上救生衣，縱身一跳，落入冰冷的海水，隨即沒入洶湧的海水中。

　　船難發生後沒多久，逃生小艇上的船員才發現沈之耀沒上船，但因風浪太大，只好先向印尼海巡署求救，隨即被印尼海巡署發現，將逃生小艇拖到巴布亞的嘉雅浦拉港。

　　經過了一晚的漂流，沈之耀在清晨被沖上一座小島的海灘。

　　想起事發經過，沈之耀才驚覺自己落難了，許多船難事

件，不停地在沈之耀腦中閃過，但他馬上冷靜下來，發現隨身包包還背在身上，因為擁有防水功能，裡面的物品完全沒有受損，沈之耀逐一地將包包內的東西取出，攤成一排放在沙灘上，當時事態緊急，沒時間拿太多東西，包包裡只有一瓶礦泉水、行動電源、充電線、多功能萬用小刀、GPS定位裝置、GoPro及錶帶斷裂的手錶，而放在口袋裡的手機早已損壞，沈之耀看著他僅存的七樣物品，沉思了一會兒，將它們放回包包裡，站起身，開始環顧這片沙灘。這座沙灘一方是一望無際的海平面，另一方則是被群山環繞的雨林，沈之耀取出GPS定位裝置，得知自己目前在印尼巴布亞省東南部，他馬上想起，BBC英國廣播公司的節目曾報導過，印尼巴布亞省的原住民，他們過著與世隔絕，石器時代的生活，並保有吃人的傳統習俗，也就是傳說中的「食人族」。儘管冒著被吃掉的風險，沈之耀還是抱持著「說不定會碰到某個文明小鎮」的想法，毅然決然朝著雨林走去。

走了約莫一個半小時，沈之耀拿出手錶看了時間，台灣時間下午三點整，也就是印尼的兩點，已經從雨林走到深山中，他坐了下來，並拿出礦泉水，嚐了一小口，潤濕已經乾裂的嘴唇，覺得自己不該這樣漫無目的地走，還是必須想個辦法才行。當他拿著GPS重新定位時，有個不明物體正朝他逼近，沈之耀抬起頭，校正方位，正好看見了這個「物體」：一名全身赤裸，身材高大，只穿一件丁字褲，皮膚黝黑，手持長矛，頭上的帽子扎滿奇高無比的羽毛，鼻子還掛有一枚W字形的獸骨的男子站在他前方，「該不會這就是傳說中的食人族吧？」沈之耀不敢置信眼前所看到的景象，「啊！」

沈之耀大叫一聲，原來前方不只一個人，後方還有數名男子，沈之耀爬起來拔腿狂奔，但沒跑幾步就腿軟，撲倒在地，食人族見狀，衝上前，將沈之耀包圍起來，驚嚇過度的沈之耀，隨即便昏了過去。

「啾啾啾……」沈之耀被吵雜的鳥鳴喚醒，「嗯……」他坐起身，發現自己身處在一間由茅草及木條搭建而成的小屋中，地上堆滿稻草，屋頂不高，使得沈之耀必須彎著腰，朝著不知是窗還是門的方形孔洞前進，他將頭緩緩地探出，天色已經暗了下來，而他的包包跟鞋子被放在外面，「這該不會是門吧？」沈之耀猜測，但他心裡已經有數──「我被抓來食人族部落了！」

沈之耀小心翼翼地從長度不到他身高一半的「門」爬出，穿上鞋子，拿起包包，開始探索這個部落。整個部落由十幾間相同的圓頂茅草屋組成，並排列成ㄇ字型，中間有個廣場，廣場中央有堆正在燃燒的柴火，四周有著幾棵高聳的欖仁樹，樹上還建有樹屋，而部落後方還有一大片的果園，看來已經發展出農業技術。但令沈之耀覺得匪夷所思的，是整個部落像鬧空城一樣，一個人都沒有，沈之耀繞了一圈，確定部落真的沒有人，便拿起一根燃燒的柴棒，走回原本的茅草屋中，並在屋外升起營火，爬回屋內，喃喃自語：「到底該怎麼辦？真的太詭異了！」說完，他從包包裡拿出 GoPro，決定記錄下這詭譎部落的一切，但他卻沒注意到，後方的山中，正舉行著某個盛大的儀式。

逃生小艇獲救後的隔天，印尼海巡署馬上派出搜救隊前往失事海域尋找沈之耀，但徒勞無功，沈之耀的家人得知此

豐穗
──古亭青年文藝獎十一週年精華集──

事後，心急如焚，在外交部的聯絡之下，前往嘉雅浦拉與其他研究員會合，駐印尼台北經濟貿易代表處也派人協助，這件事也隨著媒體的報導，成為轟動全台的新聞。印尼海巡署推測，沈之耀極有可能隨著洋流，飄到巴布亞東南部的瓦梅納（Wamena），那有個食人族部落 Labi，曾吃了某探險隊的成員，是個極危險的地方。為了營救沈之耀，我國及印尼政府聯合派出救難隊前往瓦梅納。

　　溫暖和煦的陽光從方形小門灑入，沈之耀張開眼睛，看了手錶，八點，他坐起身，肚子突然發出「咕嚕～」的聲音，他才想起已經將近兩天沒吃東西了，屋外的營火已經熄滅，沈之耀拿著 GoPro，爬出屋外，映入眼簾的是成群的食人族，有男有女，有老有少，有的頭上頂著竹籃，有的肩上扛著野豬，但皆只穿著一件丁字褲，與前幾天在山中遇到的食人族相同裝扮，沈之耀見狀，呆若木雞地站在那，腦中一片空白，這時有隻手突然拍了沈之耀的肩，他緩緩地轉頭，「啊！」的大叫一聲，一名鼻子掛有獸骨製成的鼻環，頭戴羽毛帽的食人族男子，出現在沈之耀眼前，他緊靠在茅草屋的牆上，呼吸急促，心臟跳的飛快，「Are you ok？」突如其來的一句英文，用著低沉又沙啞的聲音，讓沈之耀感到驚訝，「是在對我說嗎？」，「呃…I… I am not the enemy.」沈之耀他解釋清楚，「I was shipwrecked . Please let me go. Don't eat me ！」他用盡了所有的膽量，期盼能保住一條命，不過這名男子疑似只會說一點點英文，因此他並沒有回答，而是從帽子裡拿出一根貌似菸的物品，遞給沈之耀，並幫他點燃，平時不抽菸的沈之耀，為了活下來，只好硬著頭皮接受了。接著男子

要求沈之耀跟著他走，一路上，所有食人族都停下手邊的工作，用奇異的眼光看著沈之耀，彷彿見到外星人般。

男子帶著沈之耀走到一棟部落裡最大的茅草屋，屋外裝飾華麗，牆上有許多圖騰，「門」也比沈之耀住的大得多，疑似是部落裡的交誼廳。進入屋內後，發現竟然有燈！沈之耀仔細打量男子的外觀，發現雖然他的身材壯碩，但頭髮跟鬍鬚都已蒼白，臉上也佈滿皺紋，明顯已有年紀。沈之耀與老人面對面坐下，「I am the leader of this tribe.」老人表明自己是這個部落的村長，「We are "Korowai", and you are in "Labi".」「Korowai？Labi？」，「Korowai」科羅威是印尼食人族的其中一族。村長告訴沈之耀，「在幾十年前，曾有一群探險團隊，來到這個部落，部落裡的科羅威人第一次見到現代文明世界的人與物，十分新奇，並熱情的招待他們，但幾天過後，探險團隊裡的一名團員，因為水土不服，上吐下瀉，使得科羅威人認為他遭到邪靈 Khakhua 附身，根據科羅威人的傳統，遭到邪靈附身的人必須被吃掉，當晚，在巫師的帶領下，村長與部落的年輕人衝進探險團隊下塌的小屋，將那名團員抬出，拖到溪邊，巫師拿著石斧，敲向團員的腦部，隨即昏了過去，一群人野蠻的拉扯團員的四肢，將他的雙臂扯下，當場血流如注，一旁的小溪也被染紅，地上血跡斑斑，這時巫師用他沾滿鮮血的手，捧著一顆腦袋，要求其他團員將它吃下，因為必須由被附身者的家屬或親友將他的腦吃下，才能消滅邪靈。其他團員看到這一幕，嚇得拔腿狂奔，逃回山下，並把這件事公布出去，經過大家以訛傳訛，加油添醋，穿鑿附會後，使得科羅威人被冠上食人族

的名稱。但其實『吃人』這個習俗早已停止，也有很多科羅威人的部落開始發展觀光，甚至還有 Wifi，但因為『Labi』曾發生「誤食」事件，大家聞風喪膽，避之唯恐不及，觀光發展不起來，文明也始終停留在原地，只有偶爾幾名會說英文的耆老，到山下的小鎮去交換物品……」沈之耀聽著村長述說著這段故事，並用 GoPro 錄了下來，決心幫助這個部落，洗刷清白。

一大清早，沈之耀拿著 GoPro，開始拍攝部落的一切，從他住的茅草屋開始，滿屋的茅草，極小的門，龜裂的木牆，任何一個角落他都不放過。接著來到廣場，發現廣場中的科羅威人們，正圍成一圈，手舞足蹈，原來是一年一度的山谷節，而且已經進行到第三天了，沈之耀眼看機不可失，是個宣傳科羅威文化的好機會，便鑽入人群中。每個科羅威人，各個身著乾草編織而成的背心，扎在頭頂的羽毛一個比一個茂盛，黝黑的皮膚上用白色的樹汁及滑石粉進行塗抹、裝扮，形成強烈對比，雖然每人都手持長矛，很是嚇人，但在盛裝打扮下，瑕不掩玉，反而顯得華麗。人群中央架有木板做的高台，並掛有野豬、獸皮等。接著沈之耀來到了村長家，發現村長家外，竟排滿了頭顱，圍繞在屋外，讓沈之耀倒抽一口氣，佇立在原地不動，「難道村長說的是騙我的？其實吃人一直沒有消失？」但許多頭顱已經破損，堆滿灰塵及蜘蛛網，屋內的村長發現沈之耀站著不動，眼中充滿恐懼，趕緊解釋道：「These are the skeletons of successive village chiefs.」其實這些頭顱是歷居村長的，他們去世後，部落人們便將他們的頭顱保留下來，表示尊敬，也相信能帶來好運，沈之耀

雖然懷疑，但還是相信了。

　　進入村長的茅草屋，地上擺著幾根被香蕉皮包裹的紅薯，村長將它們放進鋪滿燒到紅透的石頭並蓋有幾片嫩綠香蕉葉的坑洞，排列成圓狀，圓中央放上馬鈴薯、豬肉塊和雞肉塊，隨即便飄出陣陣香味，沈之耀覺得這畫面似曾相似，便幫村長改良了這個坑洞，把石頭改成柴火，在洞口上放上一片石板，抹上豬油，並用小刀把豬肉塊、馬鈴薯切成片，放上石板，馬上滋滋作響，讓村長驚嘆不已，屋外也聚集了許多科羅威人，一探這新奇的烹飪方法，沈之耀想把這有趣的畫面錄下來，卻發現他的 GoPro 被一群小孩子拿去玩，他們天真的眼神好奇地盯著鏡頭，看著螢幕中的自己，滿臉驚奇卻又帶著純真的笑容，沈之耀看著他們，好像領悟了什麼一樣。

　　沈之耀躺在茅草屋中，望著天花板，嘴裡嚼著紅薯，靜靜地思考著，「又一天過去了，已經來到 Labi 三天了，還是必須想個辦法回去才行。」看著門外的夜空，沒有光害下，群星閃爍，星月交輝，想著「其實像陶淵明一樣，在這種遠離文明的地方，不被世俗打擾，過著無憂無慮，自在又純真的生活，也是不錯的呢！」

　　由中印兩國派遣的救難隊，及兩名印尼特戰隊員組成的搜救隊，一早到達瓦梅納機場後，雇了一名嚮導，立即駕車前往 Labi 部落，到了公路盡頭，一行人開始步行，穿過一座吊橋後，前方的路遭到封鎖線阻擋，但嚮導果決地將封鎖線扯下，大家戴上安全帽，進入了深山中。

　　跟村長討論過後，沈之耀決定今天離開待了四天的 Labi 部落，部落人們都依依不捨，而上午部落的勇士們正好要出

豐穗——古亭青年文藝獎十一週年精華集——

發打獵,沈之耀決定在離開前,一探科羅威人的狩獵方式,並把它拍起來。出發前,部落的男人圍成一圈,向山神祈禱狩獵活動能一切順利,祈禱完,一群人便浩浩蕩蕩的出發。一路上,科羅威人不停的發出類似猴子的叫聲,聲音宏亮,嚇飛了幾隻鳥,這時在 400 公尺外的另一群人也聽到了這聲音。

搜救隊走了一個多小時,突然聽見類似野獸的叫聲,他們不敢輕舉妄動,這時嚮導說:「這應該就是科羅威人的叫聲沒有錯了。」兩名特戰隊員馬上戒備,將槍口指向聲音傳來的方向,搜救隊緩緩的前進,叫聲也越來越大,突然,叫聲消失,當搜救隊員還摸不著頭緒時,一群皮膚黝黑的科羅威人衝了出來。

沈之耀跟著部落勇士們走著走著,勇士突然察覺不對勁,前方樹林疑似有外人,沈之耀正覺得困惑,「外人?他們怎麼知道?難道他們是狗鼻子嗎?」這時帶頭的勇士示意要大家安靜,接著他握緊長茅,獨自一人往前,越走越快,最後衝進樹林中,其他勇士也跟進,沈之耀也拿著 GoPro 邊拍邊往前衝,沒想到樹林裡的正是一群搜救隊,接著一陣吼叫,槍聲,吼叫,塵土飛揚,一片混亂,這時一名救難隊員大喊:「Discover the target (發現目標) , cease fire (停火)」

回到部落後,科羅威人全部嚇傻了,他們從沒見過這麼多的現代人,對他們充滿好奇,而搜救隊員們也嚇傻,他們從沒想過在 21 世紀的現代,還有人過著石器時代的生活。即便沈之耀告訴他們,科羅威人已經不吃人,但搜救隊員還是保持警覺,要沈之耀趕緊離開。沈之耀在 Labi 部落中央拍了

最後一張照片後，便跟著搜救隊離開，結束了他四天驚奇的食人族之旅。

回到台灣後，沈之耀把那四天的經歷寫成一本小說，並將四天的影片剪輯成一部紀錄片，宣導科羅威人並不再是食人族，他辭去了中研院的工作，考取導遊證照，開始帶團前往巴布亞省的原始部落，而因為沈之耀的書，聲名大噪的Labi 部落，成為許多探險團隊尋找的地方，但 Labi 彷彿消失了一樣，一直沒有人成功找到，沈之耀也在某天帶團結束後，突然失蹤了……

小說組優選

德爾菲神諭

鄭安妮

漆黑如混沌的夜裡，繁華的神殿正浸泡在火海中，四面楚歌。「緹娜·德爾菲，聽著！現在妳必須離開，這裡已經淪陷了……。」「不！……姐姐我！」沒等女孩講完話，女人雙瞳瞬間放大，驚叫「小心！」她撲倒女孩，自己被高大的柱子壓在下面，一口鮮血從她嘴裡噴出。

她手緊緊握著匕首，毫不猶豫的朝腿上刺下去……德爾菲跛著一條腿跑出坍塌的神殿，望著從小長大的地方，她留下淚水，發誓一定要報仇！沒跑出多久，身後傳來腳步聲。

「啊！」德爾菲一聲慘叫，波斯軍隊來了！士兵抓住她的頭髮，往後一扯，她便摔倒在地，被士兵拖著走，一路上不斷的掙扎，或許惹怒了士兵，他上前就是一腳。德爾菲昏了過去。

一身的冷水潑在身上，德爾菲顫抖了一下，濃密睫毛如蝴蝶的翅膀張開，入眼的是一雙比海水還要湛藍的碧眼。波斯將軍不禁一怔，他閱歷無數的美女，卻是第一次見到令他如此驚艷的女子。看著女孩撐起顫抖的身子，心裡竟然有些心疼。他看著女孩打量著四周，原本迷濛的眼神，瞬間銳利起來。

「小神諭，我給你一個活命的機會，你給我預知一下我們波斯的未來，說出我滿意的答案，我就放你走，但，」黃金椅上的將軍眼中閃過一絲殺意。「答案我不滿意的話，你

將……。」女孩抬起頭，便對上男人戲謔的眼神。她看了眼身後的村民，他們的眼裡除了鄙視、淚水但更多的是恨意！女孩強壓下心頭的恐懼，緊握著，閉上了雙眼深深的吸了一口氣，再睜開時，眼中滿是炙熱的堅定。她勇敢的對波斯將軍咆哮：「你既然都說了我是阿波羅的神諭，那我現在告訴你：波斯的軍隊將會在四個月內滅亡！」身後的村民紛紛倒抽了口氣，他們沒想到眼前的小女孩竟會講出這番話，他們的眼裡滿是欽佩與敬畏。將軍詫異的看著女孩，要是一般的女人早就跪在地上淚潸潸的求饒，這還是第一個敢對他這般講話的人，他挑起眉，充滿興致的打量起她。「小神諭，你是真的以為我不會做出什麼事嗎！」女孩哼了一聲「你對我做什麼我並不在意，即使你毀了我的身體，但！對我的信仰不會變。」女孩堅定的看著波斯將軍，身為阿波羅的神諭，她高傲的抬起頭，頭上的白紗在風的吹來隨著金髮飄動。

呵呵的幾聲波斯將軍大笑起來。「把她帶下去。」站在一旁的護衛粗暴的拖拉著德爾菲，丟在死氣沉沉的帳篷內，裡頭濃烈的血腥味不禁讓她鼻子皺了皺，嘴巴乾嘔了幾次。

德爾菲在帳篷內無聊的把玩一頭金髮，等到晚上外頭傳來腳步聲，她立刻警備起來，掀開裙子把右腿上的紗布扯開，手刺進傷口裡掏出一把細小的匕首，悄悄的躲在門後。「哈哈！裡面那個小姑娘看起來挺可口的，你要不要去試試啊！」「別吧！她可是將軍的女人」「少來了！你會把愛人放在這骯髒的地方嗎？」那名士兵被別人煽動的心正蠢蠢欲動，心想應該沒人發現吧！便對另一名會心一笑。德爾菲在裡面聽得一清二楚，心頭暗叫不妙，如果一個人她還可以應付，但兩個士兵……！何況她還是帶著傷的！算了，大不了魚死網

豐穗——古亭青年文藝獎十一週年精華集——

破！「小姑娘？」他們一走進來，並未發現躲在一旁的德爾菲，她一個偷襲，匕首狠狠劃破在後人的脖子，鮮血噴濺在她臉上，男人轉過頭，受傷的士兵倒了下來，壓在他身上，德爾菲伺機而上，趁他驚慌的片刻再往他身上刺，可這次男子已有戒心，一個反手握住了德爾菲纖細的手腕反折，她痛的鬆開手，匕首掉落在地上，男人另一隻手快速扣住德爾菲的脖子把她壓在冰冷的地上，德爾菲眼中閃過一絲冷冽，雙腳夾住士兵的脖子，用力一夾，嗚的痛苦聲從士兵嘴裡傳來，扣在德爾菲身上的手也隨之滑落，她推開壓在她身上的士兵，撿起地上的匕首，剛踏出一步，腿上的傷口讓她冷汗直冒，可見傷口裂開了，為了藏住匕首她不得不刺破右腿。此地不宜久留，德爾菲割破出一口裂縫，這個帳篷較偏僻，外頭只停了一匹馬，她靈光一閃，摘下頭上金色的月桂冠……。

馬兒長嘶了一聲，向前猛衝，身上坐一名帶著金色頭飾的長髮女人，附近的士兵，連忙出來，準備弓箭把駕駛射下來，但不管中了幾箭，上頭的人都不為所動，一名士兵趕緊向前壓制那匹馬，把人從馬上拽下來，這一看，不得了了，上頭壓根不是女人而是剛去送飯的士兵，頭上披著是一塊破布料，士兵暗叫不妙，連忙帶人去查看帳篷內的女孩……。

急促的喘息聲在暗夜裡傳來，女孩蒼白著臉，不斷的上前奔跑，她不敢鬆懈下來。他知道自己就算騎馬也逃不過那些人的追擊，不如聲東擊西為自己爭取多一點逃跑時間，她把死去的士兵按在馬上，用頭上的月桂冠當作誘餌，讓人以為上頭的人是自己再讓馬往反方向跑，她就可趁機用多餘的時間離開。再次聽到一聲長嘶，她就知道人已被發現，可至少脫離波斯的軍營了，她現在必須到雅典境內提醒族人，波

斯軍隊已攻進希臘的消息。

　　眼看傷口滲出的血越來越多，德爾菲的唇色也漸漸的蒼白，她眼前一黑，倒在一棵樹下。

　　德爾菲感覺身體不斷在顛簸，她快速坐起身，發現自己正躺在馬車上。

　　「小姑娘，你醒啦！有沒有不舒服的地方？」坐在她對面的阿姨關心的問。

　　「謝謝阿姨的照顧，請問這車要駛去哪兒？」

　　「這車要駛向雅典的，前面那輛是公主的車廂。看你這身穿著想必是神諭大人吧！」德爾菲點點頭，她把來龍去脈告訴大娘，阿姨臉色大變，立刻要求全車停下行程，到中間的車廂稟告公主殿下，殿下一聽跟阿姨的反應一樣，一車隊連忙趕路到雅典。

　　國王聽聞消息親自迎接德爾菲，聽完她的解釋，國王問了問她的身分。

　　「陛下，民女名為緹娜•德爾菲！阿波羅的神諭」她抬起眼簾，瞄了國王一眼。

　　「你姓德爾菲！我的軍團將軍也姓德爾菲，跟你十分相像。」

　　「去傳將軍到殿堂來！」

　　「屬下覲見陛下！」一頭金髮與碧眼出現在眾人面前，他單膝下跪，單手抱在胸前。

　　「兄長？」「緹娜！」兩人震驚的看著彼此。

　　來到了雅典已有了一段時間，這陣子德爾菲都住在阿波羅神殿中。途中她的哥哥有詢問她是否要與他同住，有傭人照顧也挺好，可她一口回絕了。

豐穗
——古亭青年文藝獎十一週年精華集——

目前情況下，各城邦互相同意合作，齊心掃除波斯的勢力。

她也得知原來將軍在波斯國的地位非常高，僅次於國王，他從小就被訓練成一名出色的軍事家。他攻下無數的國家，手段殘忍不堪，每一次的攻擊必定血洗全城，讓各國聞風喪膽。

等到戰爭前夕，正在祈禱的德爾菲突然從高台上跌落。她跌跌撞撞的衝到哥哥的府邸，卻不見他的身影。

她騎著馬衝向戰場，腦海中不斷迴盪著相同的畫面，她預言到堤克將戰死沙場！只可惜，趕了一夜路，卻無力改變命運，眼看長劍貫穿堤克的胸膛，德爾菲淒厲的叫了一聲，衝上前推開攻擊堤克的人，接住他倒下的身子。

「兄長？兄長！不……！」看著躺在自己懷中的堤克，德爾菲撕心裂肺的哭，不斷低聲喚著堤克的名字，渴望叫醒他。

德爾菲怒瞪握住長劍的男子，對他咆哮：「你怎麼可以刺殺自己人！」德爾菲輕輕放倒堤克的身子，衝上前拽住那人的盔甲，一腳把他踹在地上「鏘！鏘！」一堆金幣從他身上掉出來，德爾菲撿起一看，上面竟印著波斯的象徵物。「叛徒！」她含著淚，厲聲一喊，她立馬拔出匕首，奮力的刺傷叛徒的胸口，還沒刺進去，便被從後方突襲的波斯士兵捉住手臂，壓在地上。被擒住的德爾菲悲憤的哭泣，恨族人的貪念更恨自己的無能，保護不了所珍愛的……「帶我去見將軍！」她趕緊調整自己的情緒，現在不是傷心的時候，她必須堅強起來！

被壓到將軍的帳篷內，德爾菲眼中滿是決絕，她跪在地

上，卑微的爬到將軍面前。將軍一把托起她的身子坐在自己腿上。「將軍，您要我做什麼，我必做，求您讓我殺死那叛徒吧！」德爾菲心如死灰的靠在波斯將軍的懷裡，死死拽住他的衣服。

跪在地上的叛徒，不斷磕著頭求饒：「將軍，您不能忘恩負義，當初我們達成的協議可要算話啊！」

將軍戲謔的笑了笑。向身旁的護衛使了使眼神，護衛立刻讓人壓制住叛徒。單膝下跪，拔出自己的劍奉給德爾菲。將軍慢條斯理的說：「我承諾你的，送你去冥界取吧！」德爾菲握住它，箭步的上前，一劍貫穿叛徒的心臟，鮮血飛濺於德爾菲的一身，她丟下它，轉身跪在將軍面前，低頭不語。將軍嘆了口氣，走上前，食指挑起她的下巴，讓她仰面與他直視。「讓人帶你下去梳洗一番吧！」

德爾菲把自己浸泡在水裡，旁邊有兩位侍女服侍德爾菲。「小姐，我們為您寬衣。」德爾菲光著身子站起來，雙臂張開，任侍女把厚重的絲綢披在身上。趁著她們不注意，摸走自己的匕首塞到衣服內。在侍女的帶領下，她來到將軍篷內。

波斯將軍躺在獸皮上，手拿著酒，來回晃動，朝著她勾了勾食指。德爾菲顫抖了一下。緩步上前，趴在將軍身上。

在彼此情投意亂時，德爾菲雙眸一冷，一個翻身跨坐在將軍身上，把匕首刺進他的胸口。將軍重重的悶哼一聲，心疼的看著德爾菲，她瞪大雙眸，滿臉的不解：「為什麼不躲？你明明可以躲開的！」她握著匕首的手不斷顫抖，眼淚從她眼中溢出，一滴滴砸在將軍的胸膛上，他疼惜的舉起手輕輕拭去她臉頰上的淚。柔聲說：「你相信一見鍾情嗎？」德爾菲瞬間瞪大雙眸，心隱隱在作痛著。

「我們在錯的時間遇上對的人！如果我不是波斯將軍，你不是希臘神諭，那會是多平凡的愛啊！」

「可我忍不下心去毀了養我長大的家園，但我更不忍傷害你。那就讓我來犧牲吧！」

「不要說了，求求你……！」德爾菲躺在胸膛上，悲痛不已。此刻她漸漸回復理智，

從報復中清醒過來。她知道他們是不可能的，就算拋開將軍的波斯國身份，但她是阿波羅的神諭，一輩子不可以戀愛或結婚生子。

「不要哭！我派了最信任的手下護你離開！」

「快走吧！再不走就來不及了！」德爾菲哭出了聲，她抱住將軍的身子，激動的搖頭。

「小姐，該走了！」一道黑影閃進帳篷內，她轉身一看，竟是將軍旁的護衛！

沒等德爾菲反應過來，她已被他接走，護衛眼中閃過一絲淚光。將軍倒在了地上，看著她離去，眼中的柔情久久未散去。

他唯一能做的，就是為她開路，護她周全。儘管接下來帶給波斯的將是巨大的危機，他卻不後悔。他自認給波斯的回報夠多了，就讓他任性一回，為自己活一次吧！

逃跑的路上出奇的順利，讓德爾菲不可置信。「為什麼會如此順利？」

「殿下安排的。」積在她眼眶的淚再度溢出。她攏了攏身上的大袍，冰冷的風吹來，讓她淒涼的心更加刺痛。她哀戚的看了護衛一眼。「屬下誓死追隨小姐！」護衛面無表情。從已開始將軍知曉德爾菲的計畫，從她的眼睛看到了絕望、

憤恨，他只能將計就計，事先為她安排好退路。「恨我嗎？」她問。

　　幾十年後⋯⋯

　　「小姐，我從未恨過你，因為你，將軍終於像個有淚有笑的凡人！」護衛已老了，他倚著拐杖跪了下來，面前是德爾菲的墓。在將軍死後沒多久，波斯軍隊就亂了，德爾菲趁勝追擊把他們打得落花流水。希臘勝利後，國王封了厚賞，感謝她的預言與帶領，果真！波斯軍隊在希臘待不到四個月。將軍的屍體也被她偷偷運了過來，葬於希臘境外，礙於他的身份，她不敢把他葬在境內。

　　在德爾菲打理完家園，她便過世了。對於德爾菲的逝去，希臘人無比痛苦，為了紀念她，人們把她的故鄉改名為「德爾菲」。護衛葬了空墓，偷偷將德爾菲的屍體遷到將軍的旁邊。

　　「您終於可以跟將軍廝守了，您不再是神諭，將軍不再是將軍。」說完，護衛漸漸倒在墓旁，這樣他便可以繼續守著將軍了⋯⋯。

　　沒人發現德爾菲是笑著離開的，她不願苟延殘喘。曾經這身份對她來說是個榮耀，如今卻成為最大的阻礙！壓得她難以呼吸，或許死亡才是最好的歸宿！

　　如果她跨越了，結局會不會不一樣？德爾菲最後向天神祈禱，願她下輩子再也不要當神職人員，忍的太累、太痛苦了！「力的作用是互相的，在刺傷你的時候，我也會疼。」在她閉上雙眼時，腦海滿是這段話。

第九屆古亭青年文藝獎
優勝作品精選

第九屆古亭青年文藝獎得獎名單

新詩組

首獎：907 顏子辟〈雪的隧道〉

優選：805 羅依〈黑死病〉／ 906 吳芸宴〈在一聲喵之後〉

佳作：706 鄭融禧〈鷹魂〉／ 903 陳玟伶〈煙花〉

　　　706 賴玫妤〈鏡子〉／ 902 王涵妮〈韶華〉

　　　804 彭鈺芳〈棉花糖〉

（評審：楊維仁老師、李麗文老師、黃昱嘉老師）

散文組

首獎：806 周敏歆〈餡餅師傅與幸福攤車〉

優選：806 蕭沁惠〈into the unknown〉／ 806 洪可暄〈清道婦〉

佳作：804 鄭倖安〈全年無休〉／ 804 郭玟瑄〈我的未來夢想〉

　　　906 王品淳〈妓〉／ 706 賴玫妤〈夢想家〉

（評審：陳欣瑪老師、李姬穎老師、王語禎老師）

小說組

首獎：704 江曉虛〈第三個願望〉

優選：706 李恩慈〈回家〉／803 呂宸安〈逆風翱翔吧〉

佳作：903 張砡榛〈夜〉／803 彭芊芸〈寵物夥伴〉

　　　701 馬曰親〈包容〉／906 王品淳〈醫德〉

　　　801 江尚軒〈三對三籃球〉

（評審：黃惠貞老師、簡妙如老師、黃郁芸老師）

雪的隧道
——遊臺中新社鄉梅花隧道

顏子騂

是她們瘦骨嶙峋的手
為我們輕輕掬起的一場　初雪
以一身潔白的薄紗鋪蓋成
通向春天的　隧道

徘徊了一整個冬季的風
在一陣疲憊困頓中
不經意被酣睡著的天使　絆倒
那窸窸窣窣的嚶嚶哭泣
是告別舊歲的　無聲炮竹
以薰暖的陽光　點燃
無數繽紛的　煙花

一片片　一片片
那白皙如雪的花瓣
飄落著　飄落著
是霑被著舊歲傷愁的　淚
抑或是撒布著新歲歡悅的　笑

千瓣　萬瓣
當和煦的陽光　伸手
悄悄的摩娑著那一片片　花雪
鋪綴而成的　絨氈
我的足心隔著厚厚的　鞋底
依舊可以輕觸到一股隱隱的　餘溫
──那曾經是群蜂
忍禁不住的　吻
在幽幽的隧道中
伴我靜靜穿越
一整個雪白季節的
香

黑死病

羅　依

永夜
尖銳鳥嘴
死神　一襲黑衣
從黑色黏稠的地獄
爭先爬出
拖著兩億個號哭的冤魂
墜入無盡黑洞

星光
含笑的臉
垂死　一抹慘白
圍牆切割了生　命
向天堂遠眺
伊姆村白色小教堂
尊嚴敲響喪鐘

白湧黑
黑現白
生育死
死孕生

新詩組優選

在一聲喵之後

吳芸宴

老鐘敲響十二聲
機靈的短尾
摸不透的眼神
逃脫　名為黑夜的
紙箱
在一聲喵之後
黑白默劇　上映

旭日吵醒一個世界
溫柔的爪子
抓不著的心思
尋找　倒滿陽光的
毛毯
在一聲喵之後
彩色罐頭　開啟

鷹　魂

鄭融禧

翱翔在藍天白雲
穿梭於綠水青山
守護著島嶼天光

堅挺如松的豈只是軍姿
寧折不屈的是態度　是信仰　是道路
如鷹的目光不放棄獵尋理想
挺胸　以無畏勇氣征服困難
盤旋　乘自由之風飛遍家鄉

多紛多擾的年代
英傑輩出　災難如影隨行
誰仍記得幻象初昇劃過天際的雄姿？

折翼的鷹　墜落的星
然而　鷹魂不滅
前撲後繼著追隨者的步伐
有一種風骨長存　不眠
有一種典範稱作　沈一鳴

散文組首獎

餡餅師傅與幸福攤車

周敏歆

「迎曦 ・製餅」

　　破曉時分，朝陽初升，熹微的陽光穿透雲、霧、玻璃窗，餡餅師傅搶先太陽一步睜開了雙眼，一同迎來靜謐的早晨。穿上舒適的工作服，繫上油漬印記的圍裙，捲起袖子，戴上帽子，接著一陣忙碌，蔥薑酒水打入三七肥瘦絞肉，去腥提味，俐落快刀蔥花韭粒落下，成就絕世鮮美的餡料……冰藏。推著攤車到繁榮的市區街上，擀著醒好的麵劑子成圓，左手轉著填餡的麵皮，右手拉提捏合成型，鐵板上煎著滋滋作響的蔥韭豬肉餡餅，這群餡餅用香噴噴的味道向每天早起，努力打拼的男男女女，老老少少招手晨安，歡迎光顧！

「元氣五臟廟」

　　「老闆，我要兩個蔥韭豬肉餡餅！」一個穿著學校制服，背著書包的小男孩說。他的嘴角有著一道口水痕，臉上帶著一絲睡意，睡眼惺忪的樣子，手上還拿著一本單字本，嘴裡喃喃 ABC 排列組合著。「來了！你的蔥韭豬肉餡餅。」「謝謝老闆！」，小男孩開心的坐在人行道旁的木椅上，他輕輕的打開了紙袋，拿出還冒著煙，熱騰騰的蔥韭豬肉餡餅，張大嘴巴咬了一口，青蔥、韭菜的清新香氣和豬肉的肉香，從口鼻直衝腦門，大腦瞬間能量灌頂，小男孩的五官露出滿足的微笑表情，睡意霎時煙消雲散，餡餅果腹，小男孩充滿元

氣的背起書包，腳步輕快地走向學校，精神抖擻，面對教室內的晨間小考。

「思鄉幸福胃」

「老闆，我要三個蔥韭豬肉餡餅！」高分貝嗓門客人，是從北漂到臺北工作的上班族，拂面而來的風，和著餡餅的香氣，不油膩，卻是很清甜，很純粹，充滿幸福的感覺。

「蔬盆雜蒿韭，一箸異鄉味。」～穀日立春（宋·王十朋）

豬肉和餅皮的滋味，讓異鄉遊子回味起老家父親常親手做的餡餅家鄉味，他想起了小時候父親常告訴他韭菜能解毒、潤肺、養氣，而蔥可以健胃、整腸、消炎，常吃它可以保持身體健康；青蔥、韭菜的氣味也讓人想起鄉下田裡帶著新鮮蔬菜的清爽空氣，城裏的空氣挾著家鄉過往的點點滴滴，心中有種滿足思鄉的幸福。

「餡餅的材料——加味元氣和幸福」

餡餅師傅在揉麵糰時，揉的不只是麵粉和水，而是將口腹滿足及滿滿活力的能量揉進麵團裡，餡餅不僅填飽了人們的胃，也溫暖了彼此的心：準備要考試的小學生，因為吃了蔥韭豬肉餡餅，退去了臉上的睡意，獲得了迎向學習挑戰的滿滿能量，就和蔥韭餡餅的名字一樣，「蔥韭，衝久！」；從外地北漂工作的上班族，因為老闆的手工餡餅，感受到了家鄉熟悉的味道。城裡攤車的溫馨，撫慰思鄉遊子的心！

散文組優選

Into the unknown

蕭沁惠

　　原來是護士的徐佳瑩，憑著對音樂的熱愛，現在成為了台灣的知名女歌手；省話一哥蕭敬騰，主持金曲獎大受好評，目前還擔任音樂節目評審的固定班底；日劇《小海女》的女主角小秋，從一個沒自信、沒有存在感又膽小的女生，為了好朋友，前往東京築夢，成為知名女團的成員。他們的職業，都跟自己的個性或是原本立定的志向，沒有太大的關聯，也都曾經對年輕或未來感到迷惘，但是憑著學習的毅力，以及聆聽內心的聲音，現在都在各自的領域中發光發熱。

　　早晨前往學校的那二十分鐘，唯一的樂趣便是戴上耳機，配合心情和天氣，放出自己私藏已久的歌曲。在陰雨綿綿，令人心煩的日子，放上一首陳綺貞的「小步舞曲」帶有些空靈氣質的旋律，加上她溫柔乾淨的歌聲，雨天頓時變得十分浪漫，偶然加入的幾句 mv 台詞也好似成了這首歌的一部份；或許那天是個完全沒有考試的日子，又恰巧在路途中看見緩緩升起的和煦陽光，選擇幾首盧廣仲的歌，總是能讓原本就不錯的心情再好上幾倍，歡樂又有些跳 tone 的曲調，和他爽朗富感染力的聲音，像是在開派對般的氣氛。曾經有一次在聽其中一首歌的時候，唱到：「我要看到你在遠方大聲呼喊著我」往窗外一看，正巧看到一個阿伯往我這個方向熱情的揮手，讓我不經會心一笑。

　　這就是我喜歡音樂的原因之一，它總能帶領你到不同的場域。

悲傷的、熱血的，帶有不同色彩的旋律，精挑細選填上與它相襯的詞，譜出一首首扣人心弦的歌曲。一首歌帶給人的感受，除了編曲與用詞，最重要的就是負責詮釋情感的歌手了，要唱出歌詞中的情感，技巧可是很重要的，咬字、換氣、轉音、抖音……還有配合不同的歌曲，演唱的抑揚頓挫，如一首失戀的情歌，放輕聲音，加上些許的抖音，它可以是平靜的、壓抑的，但若加重在副歌時的情緒，搭配上唱高音時的轉音，它也可以是絕望的、撕心裂肺的。除了唱出感情，整首歌的穩定度和台風、呼吸聲……等，細節也得要面面俱到，才能造就一首膾炙人口的好歌。

不過，歌手身為公眾人物，所擁有的知名度，既是個優點，也是個缺點，雖得眾人簇擁愛戴，或許收入也不少，相對的自由卻被大大的限制住，戀愛、私生活被無限放大，無論是過度關心的粉絲或是無所不在的狗仔，都是讓人不堪其擾的存在，經常看到有藝人不敵壓力，而有吸毒或自殺等偏差的行為，實在讓人遺憾不已。

我很喜歡歌手這個職業，在音樂的宇宙中，用歌聲療癒大眾，帶給大家正面的影響。擅長畫畫的我，雖然個性比較內向，不敢在人前表現自己，對樂理也不是很了解，站上台更是個大挑戰；但是我在家放鬆時所哼唱的歌曲，頗受爸媽好評，自己也很享受在唱歌的氛圍中，我有時也喜歡天馬行空的幻想，能夠帶給同學歡笑，所以內心總會有個微小的聲音，像是在提醒著：「成為歌手」這件事，卻在現實理性上又覺得自己不適合，一直在這樣的矛盾中打轉，該如何像徐佳瑩、蕭敬騰……等人，突破自身的限制，勇敢離開舒適圈，跨入這個被鎂光燈的強光照射下的舞台，這是我未來要面對的一大挑戰——朝向未知探索。

散文組優選

清道婦

洪可暄

　　早上七點到七點四十分時，是學生上學的尖峰時刻，滿街穿著制服的學生和從不缺席的清道婦都出現在校園周圍。而他們的年紀普遍偏大，戴著一頂草帽和一個布口罩，他們的身材有胖、有瘦、有高、有矮，無一相同。唯一不變的是——他們對工作的那份堅持和熱愛。

　　六點半到七點之間，通常是我進校門的時間。天氣漸漸轉涼，走在校園外的人行道，煞黃的樹葉翩然落下，最先映入眼簾的，是那一地的枯黃的落葉，再來才是清潔隊阿姨勤奮的背影。滿地的落葉，怎麼掃、怎麼落，「怎麼會有掃乾淨的一天呢？我不經萌生出這樣的疑問，突然耳邊傳來「沙沙」的聲響，霎那間，我好像知道了答案，正不是因為他們努力不懈的精神嗎？只見清潔隊的阿姨將一小堆、一小堆的落葉掃進畚箕裡頭，但人行道上的落葉卻絲毫沒有減少的跡象，他們並沒有因此而氣餒，還是不停地重複手上的動作，一次又一次，直到地上沒有任何一片落葉，才肯罷休。

　　炎炎夏日，一樣六點多時，大地已被曬得火辣辣的，一抬頭，被太陽亮的刺眼，即使走在樹蔭下的我也還喊著熱，更何況是毫無遮蔽物的清潔隊阿姨呢？一如既往地走在校園外的人行道上，可今天卻沒看見那位清潔隊阿姨，但人行道上卻一塵不染，我向對街望去，看見了熟悉的背影，即使汗流浹背，清潔隊阿姨還是拿起掃把，一絲不苟地掃起地上的

垃圾，只見，地上的垃圾越來越少，她臉上的汗珠則是越滴越多，也沒有絲毫怠惰，依然堅守著自己的崗位。

　　還記得有一次，颱風過境後的一個假日，因為外頭還飄著毛毛細雨再加上室外的氣溫很低，所以也沒辦法到外頭晃晃。或許當時的我是因為無聊，才看向窗外，也因此注意到帶著斗笠、穿著輕便雨衣的清道婦。窗外望去，滿目瘡痍，一地的落葉和泥濘等著她去清掃，只見她毫無畏懼的向前將其掃起，沒有絲毫猶豫，她面對泥濘、落葉等……依然保持著泰然的態度，實在是讓我佩服的五體投地。

　　從我房間的窗戶可以看見遠處的景色，當然也可以看見社區前那條巷子。因為上學的關係，天還沒亮，我就準備出門了。而負責清掃社區前那條巷子的是一位有些年紀的婦人，每次看見她時，她總是以背來向我打招呼，我肯定她一定起的很早，並且她不單只有我腳下踩的這條巷子要掃，一定還有許多地方等著她去清掃。

　　無論是陽光普照的晴天又或是下著傾盆大雨的雨天，三百六十五天他們從不缺席。也許，在清掃的過程中會受到許多行人的鄙夷、嫌棄的眼神，但他們並不因此氣餒，反而更用心的去完成它。可能在過程中被塵土弄髒了身上的衣服，但他們的心靈是高尚的，無怨無悔的為這個城市付出。他們平凡且平庸，但他們的工作，微小卻偉大。

　　他們努力清掃路面的背影，便是城市裡最美的風景。

小說組首獎

第三個願望

江曉虛

「蹦──」一聲巨響傳入腦中，「不要！不要！」李希沫剛從惡夢中驚醒過來，第一個反應卻是拿起身旁的手機，不是看現在的時間，而是看今天的日期，手機上顯示著熟悉的的日期，「二零三零年一月十八日，唉！果然！」李希沫邊嘆氣的說著，明明今天是她的生日，她卻怎麼樣都開心不起來，大概是因為她已經對今天所會發生的事情已經沒有任何期待了吧！

李希沫走到了客廳，打開了收音機裡的廣播，「今天的天氣……」李希沫聽到這裡，她都知道下一句話是什麼，甚至要她背，她也能一字不漏的背了出來，彷彿她就是那個主播。

「咕嚕咕嚕──」李希沫看著時鐘，走進廚房，邊想著早餐要吃什麼，邊將飼料倒進哈士奇的飯碗裡，「汪汪汪！」哈士奇搖著尾巴，看起來好像很開心。

看著開心的哈士奇，李希沫對早餐有了想法，「土司夾蛋好了！」擬定想法後，李希沫在鍋裡放了一小塊奶油，等油熱了，便將蛋打入鍋中，將煎好的起司蛋夾在吐司中，今天的第一餐便完成了。

吃完早餐的李希沫，來到了衣櫃前，她的衣服不多，但是都是同款式的衣服，她換好了衣服，把手機放進背包，穿好了鞋子，李希沫打開了門，哈士奇好像知道主人李希沫要

出門了，於是對她叫了幾聲，好像是在說拜拜，李希沬聽到，也回應了哈士奇，一會兒，家裡就只剩下一隻哈士奇了。

李希沬一出門，就看到有一位老奶奶在過馬路，「嗯，等等會有人來扶她。」果然，還真的被她說到了，走著走著，來到了一個很大的十字路口，「等等會有人騎著腳踏車摔倒。」沒過幾分鐘，還真有這件事情發生，可能大家都覺得她有預知能力，但事實上，是因為她每天都生活在今天，所以不管今天發生了什麼事情，只要是李希沬親眼看到的，她都能記得一清二楚。

李希沬來到了她專屬工作室，一進到裡面，馬上就有一個男生的聲音，「早安呀！小沬。」小祈是一位智能管家AI，能幫李希沬打理工作室的一切，小祈也是李希沬唯一的朋友。

今天李希沬來到工作室是因為她打算給自己做一個生日蛋糕，雖然她每天都在過，但是她認為被困在自己的生日這天一定有問題，所以她每天都在試著做不一樣的事情，看看她能不能逃離這個鬼地方。

李希沬看了看時鐘，「早上十一點，看能不能快點做完！」李希沬穿上了圍裙和帽子，「小沬，我看到網路上好多人都在做鏡面蛋糕喔！妳要不要做做看啊！」小祈期待的說著，「鏡面蛋糕啊！第一次做欸！好吧！」

「先來做蛋糕體好了！」李希沬先將蛋白三顆和砂糖三十克混合打至硬性發泡，之後加入過篩的糖粉和杏仁粉跟鹽攪拌，「對了！還有低筋麵粉。」把蛋糕糊攪拌好後，放入模具中，放入烤箱烤十分鐘，「趁著這十分鐘，來做淋面

豐穗——古亭青年文藝獎十一週年精華集——

糊好了！」李希沫先從櫃子裡拿出了砂糖和葡萄糖漿，將少許的砂糖和葡萄糖漿混合後，放到了爐子上煮，煮滾了以後加入吉利丁和煉乳，均勻攪拌後，倒入裝有白巧克力的缽裡，打成巧克力液，白色的自製顏料就完成啦！

李希沫從櫃子內分別拿出了黑色和藍色還有紫色的色素，把巧克力液分成四等分，然後將蛋糕體放置有高度的容器上，將這些染好色的巧克力液依序倒在蛋糕體的表面上，最後在將白色的巧克力液撒在上面，讓整個鏡面蛋糕有如美麗的星空。

「終於完成了！」李希沫大聲的喊著。

「快去拿拍立得拍照呀！」小祈對李希沫說。

「對喔！」李希沫邊說著，邊拿起櫃子裡的拍立得拍照，按下快門，「喀擦！」

隨後，李希沫將蛋糕放進冰箱，看到了昨天做的布丁，「來試試看味道好了！」

「小沫，有快遞！」小祈出聲提醒。

「快遞……？啊！我新買的手搖咖啡機！終於來了啊！」李希沫蹦蹦跳跳的跑去門口取快遞，並給快遞員一個大大的微笑，「謝謝！」

李希沫研究了一下，沒多久後，她把咖啡豆倒入磨製的地方，並且磨成咖啡粉，再倒入熱水沖泡，沒過多久，屋裡馬上就瀰漫著濃厚的咖啡香。

李希沫將布丁和剛煮好的咖啡拿到了餐桌，打算好好的享用。

「嗯……不愧是手搖咖啡機磨的，真的好好喝呀！」李

希沫大聲的稱讚著。

　　李希沫拿出了自己的筆記，上面紀錄著每天李希沫做過不一樣的事情，因為她得試著找出離開這裡的方法，像是第二次停留在這天的時候，她就一直不睡覺，結果還是沒變，還有第三次的時候，李希沫就把自己關在小黑屋裡面，可是時間依然停留在她一年當中最值得紀念的這一天。

　　李希沫在蛋糕上插了一個二十五歲的蠟燭，並點上了蠟燭，「祝妳生日快樂……」小祈開心的對著李希沫唱著生日歌，「我的第一個願望就是希望大家身體都很健康，第二個願望就是爆富。」李希沫閉上眼睛，許著第三個願望，這次李希沫第三個願望不再是以前的離開這裡，而是許了想見的那個他，因為李希沫知道不可能成功，但是至少她覺得不說出口的願望並不會比較容易實現，而是就算這個願望沒有實現，李希沫自己也不會因此感到受傷。

　　李希沫將蠟燭吹滅，從櫃子裡拿出了一把刀子，打算好好來品嘗這個鏡面蛋糕，她吃了一口，「嗯，真好吃！」

　　李希沫吃完了一半的生日蛋糕，李希沫打算拿著剩下的蛋糕送給公園裡的小朋友吃，她拿起身後裝蛋糕的箱子，然後將蛋糕小心翼翼的放入紙盒內。

　　李希沫來到了公園，打開了紙盒，立馬就有小朋友跑過來，「姊姊，我好想吃啊！能不能給我一個？」小朋友一臉期待的問著，「當然可以啊！」李希沫邊說著邊連忙切了一小塊給眼前這一位小朋友，「謝謝姊姊！」小朋友從李希沫手上接過了蛋糕，並匆匆忙忙的跑向她那群朋友，其他小朋友看見後，也紛紛的來找李希沫拿蛋糕，沒多久，李希沫帶

豐穗
——古亭青年文藝獎十一週年精華集——

來的蛋糕很快就分完了。

李希沫回到了她的工作室，將自己的廚房好好的打掃一翻，也把櫃子裡的東西全部重新整理了一遍，整理到天色都已經黑了，李希沫看了看時間，「晚上八點了啊！」晚餐時間雖然過了，但因為下午的蛋糕，導致她根本不想吃晚飯，所以她將圍裙脫掉，將包包背在身上，關掉了工作室裡所有的燈，「小祈拜拜！」李希沫對小祈說著，「明天見，小沫。」小祈帶著一點難過的心情說著，「嗯。」李希沫說完後，將門鎖緊，就往家裡的方向走去了。

回到家的李希沫，洗了一個舒服的澡，躺在床上慢慢地睡著了……

「啊──」李希沫從鬼門關走了回來，原來李希沫出了車禍，一直昏迷不醒，不過她覺得是不是因為第三個願望讓她可以離開這個夢，而這個夢對她來說到底又有什麼意義？

回　家

李恩慈

　　現在是放學時間，江梓翔背著書包，拖著沉重的步伐，步履蹣跚的走向家。

　　這時，太陽已近西山，將身旁的河畔照的波光粼粼，河裡的魚兒和落單的陽光追逐嬉戲，但梓翔沒有心情去欣賞這幅美景，他覺得身上背的不是書包，而是一股沉重的壓力。

　　左轉，右轉，不知道拐拐彎彎多少回，梓翔終於來到家門前，他將鑰匙插進鑰匙孔，打開門把，進了家門。

　　「我回來了。」

　　梓翔低聲呢喃。

　　「媽，妳在嗎？」

　　他用與剛才相反的音量向昏暗的室內大喊。

　　回答梓翔的是自己的回音和空無一人的房子。

　　「唉……算了。」

　　梓翔把家中的燈全數打開，原本死氣沉沉的家裡，一瞬間明亮起來。

　　他走進自己的房間，開始寫功課。

　　莫約半小時後，一位與梓翔相貌相仿的女生拖著行李箱，走了進來。

　　「姐。」

　　梓翔向她點點頭。

梓翔的姐姐——江梓芯見到好久不見的弟弟，她開心的露出笑容。

這一年來，梓芯到美國當交換學生，就在剛剛才回到家。做任何事情都很優秀的梓芯，在國外的考試同樣拿到優異的成績，看著姐姐，梓翔彷彿看著太陽，她閃閃發亮，無論何時都散發著光芒，作為她的弟弟本來應該是最接近她的存在，明明看似觸手可及，但不論再怎麼努力，都無法接近她，更別說要超越她，靠太近還會被灼傷。

梓芯發覺見到自己後，弟弟的臉色有點難堪，她便帶著疑惑的心情走出梓翔的房間。

「是我想多了嗎？」

兩人的房間極近，隔著牆壁還能聽見筆尖摩娑紙的聲音及另一人規律的呼吸聲。

回想著剛才見到的弟弟，梓芯覺得他比半年前穩重許多，但聲音中還是帶著些許稚氣，畢竟還沒變聲嘛，想到這裡，梓芯不禁莞爾。

「嘛……梓翔也要升國二了。」

梓芯嘆了一口氣，她感嘆時間的流逝之快，嘆息著自己居然錯過梓翔一年的成長，心中不免有些可惜。

咔嗒——一陣開鎖聲響起，到家的人是他們的母親。

「梓芯，恭喜妳贏得全校最高分，很不錯嘛！在美國習慣嗎？」

媽媽一進門就開始談論姐姐、稱讚姐姐，梓翔只是呆呆地望著地板。

「嗯……還行。大家都很熱情，常約我一起吃飯。」

媽媽點點頭，似乎對梓芯的回答很滿意。

「梓翔，多學姐姐，人家姐姐做得到，為什麼你就做不到？」

媽媽的聲音很嚴肅，裡頭帶著不可反抗的威嚴，「還有以後都不要再看那些輕小說了。考什麼爛成績？儘看沒營養的東西……」

梓翔覺得好難受，媽媽從來沒有稱讚過自己，近來更是一次都沒有對自己笑過。

日復一日，每天每日，媽媽總是看著姐姐。

一眼就好，梓翔如此盼望著，他希望媽媽能再多注意自己一點，對自己多笑一點。

梓翔沒將媽媽的話聽完，就獨自衝進房間裡，抱頭痛哭。

「梓翔……！」

梓芯見情況不對，跟著梓翔來到他的房門前，卻被梓翔鎖在門外。

「這個傢伙……」

媽媽搖頭嘆氣，訕訕的走開。

梓翔在房間裡崩潰的大哭，哭到眼睛都腫了，才停下。

門外的梓芯見哭聲停了，才小心翼翼地敲門。

「誰？」

梓翔的聲音還有些哽咽。

「是姐姐。」

梓芯忐忑不安的回答，深怕又被梓翔拒於門外。

「妳走開！」

梓芯擔心的事情發生了。

「能不能讓我進去……？」

梓芯很擔心弟弟，她怕梓翔在心情低落的時候，會做出什麼傻事。

「都説要妳走開了！」

想到自己一直生活在姐姐優秀的光芒下，自己什麼地方都比不上姐姐，什麼困難的事情一跟姐姐相比就變得沒有什麼，怒氣不禁油然而生。

「翔……小翔……」

梓芯嚇到了，這是梓翔第一次對他那麼兇。

「怎麼還沒離開？我最討厭姐姐了！我明明那麼努力，卻還是比不上姐姐，要是沒有姐姐就好了！這樣媽媽也就會注意到我的優點！」

梓翔歇斯底里的大吼，在盛怒之下，他把內心的話都説出來。

隨後，梓翔衝出家門，頭也不回地一直跑。

不知不覺的就來到了車站，他只想只想盡可能地遠離家裡。

但情急之下也沒能多帶錢，於是梓翔買了一張身上現金能換到最遠的車票，踏上離家的車。

一路上，車窗外的景色不斷地變換，漸漸的離開梓翔熟悉的街道。

不知過了多久，梓翔下了車，走出陌生的車站。

他繼續漫無目的地走了好久好久，終於在鄉間的一座橋上停下休息。

呆坐在橋上，看著橋下的河水，想著家裡附近也有一條

河，心情慢慢地平靜下來。

「唉……太衝動了……」

梓翔托腮，凝視著河面上的漣漪，靜靜的沉思。

就在梓翔正在思索接下來該怎麼辦時，一個長髮的女生悄悄走到他的身旁。

「你知道人的水平視角可以看到多遠嗎？」她突然出聲，梓翔嚇了一跳，才發現旁邊站了個人。

「我叫蘇鈴，」長髮女生幽幽地說了這句話，「你看起來心事重重，說來聽聽吧！」

梓翔看了她一眼，發現這個女生跟姐姐居然長的有幾分相似。

難得有了傾訴的對象，梓翔一股腦的把他心中滿滿的委屈說了出來。

「所以說，你不希望你的生命中有姐姐嗎？還是不想要一個太優秀的姐姐？」這女生的聲音似乎有種魔力，讓梓翔很願意跟她聊下去。

「其實我姐姐像你一樣這麼溫柔，也對我非常好，但就是因為她過分優秀，讓我相形失色，我怎麼努力永遠都追不上她的成就，而且我最不喜歡的就是媽媽總是拿我跟她作比較，但……永遠都會覺得為什麼我沒有姐姐這麼棒！」梓翔有些難為情的說道。

「這樣啊……我覺得令堂並不討厭你喔！反而她是很愛你的，因為她認為姐姐做得到，你也一樣做得到，她相信你的能力，正是因為愛你才會這樣的要求你。」梓翔的眼神顯露出一絲光亮，像是在困境中找到了希望。

豐穗
——古亭青年文藝獎十一週年精華集——

「你總不會希望父母認為你就是一個沒有能力的孩子，也不希望你變得更好！」這句話重重地敲醒了梓翔，他的眼眶忍不住泛紅。

「快回家吧！令堂跟姐姐肯定很擔心你，」鈴露出一個自嘲的微笑「不像我，是被父母放棄的孩子。」

「……」

梓翔對於鈴露出這樣的表情，感到很訝異。但他也沒有多問，畢竟那是人家的隱私，如果她願意說自己再聽就好。

「可是……我的錢用完了，也沒帶手機。我不知道要怎麼回去。這裡是哪裡？」梓翔覺得現在該擔心的是自己的去處，而不是別人的過往。

「真拿你沒辦法，你應該有家裡的電話吧？」鈴將自己的手機遞給梓翔，「手機借你。」

「謝謝！」

梓翔對鈴投以一記感恩的眼神。

「喂？是梓翔嗎？你在哪裡？媽媽去接你！」電話那頭傳來媽媽擔心的聲音，梓翔不禁哽咽，在鈴的協助下讓媽媽知道他現在在哪，不等他再多說些什麼，也沒有苛責，媽媽只回了「你不准離開，我馬上去接你！」跟鈴道謝之後，媽媽便掛了電話。

「那個……我自己一個人等就可以了。」看見鈴遲遲沒有要離開的跡象，梓翔連忙出聲勸阻。

「現在天色已晚，放你一個人在這我不放心，我陪你等到你媽媽來吧！」

「真不好意思，讓妳造成那麼多麻煩！」梓翔雙手合十，

向鈴表達他的感謝之意。

「不會的，」鈴搖搖頭，「我出生的時候，因為兩隻眼睛顏色不一樣，其中一隻是赤色的，父母認為這是不吉祥的象徵，會對雙親不好，所以父母一直不喜歡我，他們留下我一人，帶著弟弟在國外工作及生活，還好外婆把我留在身邊陪伴他，讓我有一個家，並且開導我，讓我有正面幫助的思考。」

鈴淡淡的說出她的身世，梓翔從來沒有想過會有如此狠心的父母。

「你不恨你父母嗎？他們這樣對妳」梓翔好奇地問道。

「恨？為什麼？我活在這世界上又不是為了父母的疼愛，我知道自己存在的價值，為自己而活，我喜歡畫畫，我可以把我眼睛看到的世界畫下來，將來我還要走遍全世界」梓翔楞住了，他從來沒有想過這麼豁達的人生。

不久之後，梓翔的母親開著車到了他所在的地方，母親下車後不斷地向鈴道謝，梓翔更是心存感激地跟鈴道別，更是希望鈴能跟他保持聯絡，如果有任何需要幫助的地方都可以告訴他們。

在車上，梓翔很不好意思的謝謝母親願意開這麼遠的車來接他。媽媽也對此感到很自責，因為老公不在身邊的緣故，她覺得自己得變得堅強，所以對梓翔才會那麼嚴格。

「真是抱歉……我不知道這樣會傷害你。」

梓翔搖搖頭，說道：「不會的……我已經了解到媽媽會這麼做，是因為你愛我。」

媽媽感到很欣慰，眼角中流出了一道淚水。

第十屆古亭青年文藝獎
優勝作品精選

第十屆古亭青年文藝獎得獎名單

新詩組

首獎：806 賴玫妤〈溺水〉

優選：806 鄭融禧〈托瑪斯之約──南安小熊〉

　　　904 彭鈺芳〈文學探險〉

佳作：701 施昀希〈安靜〉／ 903 呂宸安〈水〉

　　　806 蔡樂容〈花〉／ 806 顏子玞〈不堪回首的過去〉

　　　902 曲姵諭〈印章〉

（評審：楊維仁老師、黃郁芸老師、李麗文老師）

散文組

首獎：806 陳奕璇〈晨光〉

優選：706 蔡睿璟〈如果我有一座新冰箱〉

　　　905 吳孟倫〈歡笑的種子〉

佳作：906 蕭沁惠〈不平凡的旅程〉

　　　806 洪頎琛〈公益由我開始做起〉

　　　905 陳奕忻〈公益〉／ 906 袁俞安〈熱血〉

　　　702 馮品瑄〈付出〉

（評審：黃惠貞老師、李姬穎老師、王語禎老師）

小說組

首獎：804 朱心綾〈Happy ending〉

優選：706 蔡睿璟〈那年冬日 · 遇見〉／ 905 曲緒立〈史繼〉

佳作：706 張之榮〈書中微旅行〉／ 801 張藝馨〈容忍？〉

　　　804 柯侑均〈等待〉／ 806 賴玟妤〈另一端〉

　　　702 馮品瑄〈間諜〉

（評審：簡妙如老師、陳欣瑀老師、陳怡雅老師）

溺　水

賴玫妤

我將要被礁石絆倒
跌在浪裡
傷口浸在冰冷裡
即將被細菌感染
我會痛得再也站不起來
你要來扶我嗎？

我將要被陸地拋棄
墜在海裡
身體泡在渾濁裡
即將被漩渦獵捕
我會沉在無人知曉的海底
你要來找我嗎？

我將要被思念淹沒
溺在夢裡
意識困在了水底
即將被同化
我會因為沒有你而開始腐朽　瓦解
你要來救我嗎？

托瑪斯之約——南安小熊

鄭融禧

遇見你　是情非得已
像是誤入愛麗絲的夢境
喀嚓喀嚓　照出了宙斯的自私獵捕
將卡利斯托的美　盡納懷中
孤寂走向了胃　恐懼爬滿了眉心
回家　像是解不開的謎題

滿漢全席上　執掌眾人的珍饈
本草綱目裡　令人膽顫的藥中黃金
馬戲團裡　熊讚的非凡巨星
？是
　　　　我
　　　是
爬樹的高手
尋蜜的獵人
布農族的　英雄托瑪斯

是否長高到一英里
夢境才能離席
我便能回到有熊的森林

如果還能再次相遇
胸前白色的弦月型印記
將是托瑪斯與我們
最珍重的約定

文學探險

彭鈺芳

沒有盡頭的叢林
籠罩著悶濕的瘴氣
高低起落的地面
覆蓋著凹洞與青苔
交織的密葉阻擋我的視線
猙獰的樹枝羈絆我的行程
蜿蜒綿延的山徑
尋覓著未知的路徑
毒蛇猛獸窺伺著我
風陣陣呼嘯過來
刻刻都使我擔心

徒步在泥濘中
巧囀的群鳥
似乎引領著我
開啓一趟未知的探險
寫著上一秒的歷史
在所有道路中尋找適合的注音
拼湊 獲得一枚典雅的詞彙
Enter 化為一行詩句
Space 闖進下一個秘境
Backspace 又回到原點

新詩組佳作

安　靜

施昀希

總是悶在一個固定空間裡
很少會釋放出
我對世界的參與
獨自一人
在靜謐中生存
想讓熱情找到我
卻遲遲下不了決定
像個囚犯一樣
被關在心的影子中
不斷找尋
被動地找尋
我遺失的微笑
或許
我應該張開嘴巴
讓寂寞吐出一些

晨　光

陳奕璇

　　曦微的晨光緩緩的從窗戶的縫隙中鑽出，輕輕地落在了一個土黃色的信封袋上，彷彿天使降臨一般，既優雅又從容，卻又不失溫柔。隨後，它又穿越了空氣、穿越了被褥，到達了我的臉龐。它順著臉的弧度，輕柔地向上爬行，準備喚醒沉睡中的我。睡眼惺忪的我，甫睜開些許厚重的眼皮，便看見了這像母親般溫柔的光芒。我本想再多賴床一會，然而，桌上的土黃色信封卻激動的告訴著我：「今天才不是你睡回籠覺的時間！」我這才想起，「今天」的確意義非凡。

　　我掙脫了被窩這溫柔鄉，內心其實是戀戀不捨的。然而，我沒有時間依戀我的被窩。我衝出房門，媽媽早已準備好早餐。我狼吞虎嚥的吞噬完眼前的食物後，便以我最快的速度著裝完畢。「制服、水壺、勸募箱……」我清點著我的「配備」，愉悅的告訴媽媽我一切準備就緒。媽媽看了一眼我桌上的土黃色信封袋，無奈地指了指它。粗心大意的我吐了吐舌頭，便匆忙地奔進房間，一把抄起那個土黃色信封袋後，就屁顛屁顛的跟著媽媽出了家門。一路上，我都在期待著。

一、初生之犢「最」畏虎

　　不一會，我和媽媽便到達台大公館的誠品前，進行一整天的「行動勸募活動」就這樣在車水馬龍以及人來人往中拉開了序幕。行動勸募是我就讀小學時，學校每年都會舉辦的活動。目的除了是要幫助各種各樣的基金會、弱勢團體等等

的，更重要的目的是讓學生親身體驗到用目前微薄的力量，去給予他人溫暖究竟是什麼樣子的感覺。我從隨身繫帶的袋子裏，取出一些物品，最後拿起擱在一旁勸募箱。我清了清嗓子，有些羞赧的開始喊「口號」。「您好，窩……我是 XX 國小的學生，這……次募款的……幫助對象是家扶基金會……請幫幫他們謝謝！」我結結巴巴地說著。對於初出茅廬的我來說，要在一群素昧平生的人面前說出一句流暢、清楚的話真可謂是難上加難。連續嘗試了幾次，我依然無法完整的表達出我想說的話，我的自信與熱血登時減少了一大半。

然而，路過的人們卻絲毫不吝嗇地從包包裡取出錢包，一張張天使下凡般的紅色百元鈔票，便這般落入了我的勸募箱。「這些錢一定可以幫到那些需要幫助的人的！」我心裡默念著，同時泛起了一圈圈溫暖的漣漪。一陣感動過後，我拾起了稍微消失的自信，以及那「冷卻」了一大半的熱血。「還有更多人等著我去幫助他們呢！」我勉勵著自己，衝著自己傻傻地笑了一下。或許，這隻「初生之犢」也能不畏虎。

二、熟能生巧、巧能生妙

又再練習了幾次，很神奇的，我竟然已經能夠在眾人面前侃侃而談。「您們好！我是 XX 國小的學生。今天在這邊，我主要是想告訴大家，在這個世界上有許多需要我們幫助的孩子們，而這群家扶基金會的孩子們便是其中的一部分。您的一份心意，不論是多少錢，就算只有十元，也能成功翻轉這些孩子們的未來！」話語逐漸流暢了起來，字裡行間帶著的緊張感，也隨著逐漸累積的練習次數消失。不僅如此，就連詞彙的豐富量也隨之增加。當我愈發熟練地向大家敘述這

次募款的目的時，也有越來越多人駐足一旁，仔細的聆聽我的分享，偶爾還會同意的點點頭。那是我第一次意識到，原來原本看似渺小、微不足道的力量，也能成功的影響他人。我感覺到我的心跳聲好像變快了一點，嘴角也在不知不覺之中，微微上揚。

在這麼多捐款的人中，有一個婆婆令我印象十分深刻。那位婆婆看起來七十歲出頭，衣服及帆布包看起來都有些泛黃。她獨自一人，身子微微蜷縮著，坐在誠品前，一邊看著書，一邊擺攤兜售物品。在整個勸募的期間，我不曾去向那位婆婆介紹或是分享過這次募款的目的，因為我曾未想過要向那位婆婆募款。然而，那個婆婆卻在我喝水休息時，朝我揮了揮手，示意叫我過去她旁邊。我猶豫了一下後，才緩緩地走過去，內心充滿了疑問，臉上充滿了警戒。正當我要開口發問時，婆婆拿出了兩枚十元硬幣，慈藹的笑著。她見我遲遲不接下她的心意，於是便把拿著硬幣的手微微抬起。我這才意識到原來婆婆是想要募款，我伸手接過這兩枚十元硬幣，婆婆熾熱的心意，僅透過硬幣便傳到了我的心中。沒有過多的言語，只有情感的交流，一股來自心底的暖流忽然間湧出。像涓涓細流一樣，延綿不斷。

三、希望的晨光

我打開緊握著兩枚硬幣的手，再看看募款箱裡一枚枚硬幣、一張張紅色百元鈔票、甚至還有為數雖然不多，卻令我看直了眼的藍色千元大鈔。我將這些心意從募款箱中逐個一一取出，放入了那個差點忘記帶出門的土黃色信封袋。仔細地清點完當天募得的所有愛心後，我將黃色信封袋封了起

豐穗
——古亭青年文藝獎十一週年精華集——

來，隨後便在信封袋上寫上當天的總募款金額，五千一百二十元。我的內心五味雜陳了起來：有的是感嘆這些孩子們的遭遇，進而產生的酸楚味道；有的是感謝一眾捐款人，充滿愛心的甜蜜味道；更多的是品嚐到用自己微小的力量，卻能幫助到別人的甘苦味道。回到家後，我將黃色信封袋放到書桌上，洗洗澡後，便回到了早晨那片令我戀戀不捨的溫柔鄉。

那天晚上在夢裡，我看到了家扶基金會的孩子們，一邊笑著，一邊往一個充滿白光的方向奔跑。他們一直跑……一直跑……一直跑。他們的身影逐漸模糊不清，直到最後，他們已消失在一團溫柔的白光之中。然而，他們銀鈴般的笑聲卻在我耳邊不停的打轉，宛若天使的歌聲一樣令人快樂。原來，「做公益」就是這麼一回事。即便只是一枚十元硬幣，只要心意到、情意到，便能間接的翻轉他人的未來，改變他人的命運。當世界上的人們心連心、情連情，或許就能拯救更多被貧困踩在腳下的人吧。在有些人看來，這些心意或許微不足道，但是它們卻如同早晨的晨光一般，能夠帶給人無限的希望。

夢境中的我，頓時感覺眼前被一片溫柔的白光籠罩，我知道，晨光它又來叫醒我了。我張開一隻眼睛，瞄向了書桌上那包承載著無數心意的土黃色信封袋。我瞥到了那道晨光偷偷摸摸的鑽了進去，我會心一笑，爬下了床，將信封袋放入了書包內。

「走吧，晨光，該去傳遞希望了。」

如果我有一座新冰箱

蔡睿璟

如果我有一座新冰箱，我想我會放很多東西進去。無情殘忍的戰火，險惡卑劣的人心，天寒地凍的冷意。太多太多的事情不能像過眼塵沙、任其飄散，也不適合牢牢抓在手上、絕不鬆手。

饑荒、災厄、疾病，我都想放進去，這些事物天生適合被塵封，冰箱不是消滅而是保存，存放到有一天我們能夠面對時再取出。或許那一天要很久以後才能到來，也許十年、百年，而在那之前，就讓我們先生活在不必擔心煩憂的烏托邦吧。也許這很像逃避現實，但有時本就不該橫衝直撞，魯莽地面對那些會危害我們的事物。

我依稀記得許久以前的一次英文課，老師播放了一個影片讓全班觀看。畫面一開始只有一個小女孩，消瘦到彷彿是只有皮包骨的小女孩，骨頭凹凸處明顯地露出來，不合身且破爛的衣物彷彿套在身上的布袋。她周身一片荒蕪，土色大地和蚊蟲圍繞著她，沒有任何我們認為理所當然的東西，水、食物、電器，繁華的城市在此彷彿是黃粱一夢，虛幻飄渺到無法抓住。蚊子叮咬、吸食她的血液，但她沒有躲開也沒有驅趕這些蟲子，或者說，她早就沒有力氣驅趕了。

隨著鏡頭慢慢拉遠，更多的人出現了，有小孩、有成人、也有老人，他們和女孩同樣消瘦，同樣長年被飢餓和瘧疾折

磨。他們無法自救，只能夠每日等待他國的救援。他們不是十惡不赦的罪人，也不是殘忍暴虐的惡人，他們從來沒有做錯什麼，但出生決定了他們往後生活必定不安穩。

非洲很多國家是我當時所不能想像的第三世界，貧窮、文化水準低下，是人們賦予的代名詞。在那一刻我才知道，原來出生在臺灣是多麼地幸運，因為出生在喧囂熱鬧的國家，我不用任何努力就能享受到別人夢寐以求的生活，更不必每天戰戰兢兢的生活，也不用擔心下一餐的著落。

我們可以隨意浪費食物，可以任意揮霍資源，但他們卻不能。每一餐於他們而言都是上天的饋贈，是不能浪費的珍饈美饌。

幸好，他們有被看到，生活在眾人共同努力下持續改善，有了糧食，有了蚊帳，有了藥品。雖然不可能馬上到位，也不可能馬上使貧瘠土地變得豐饒，但至少一切都在慢慢變好，至少在世界的某個角落，還有人為了他們持續努力。

出生在錯誤的地方不是他們的錯，飢餓、無力、生活困苦更不是他們的錯。但因為出生，他們在生命一開始就被判了刑，不能享受和富裕國家同等的生活品質。

但願我們都能夠持續努力，不論是捐錢也好，捐物資也好，真的到非洲救援也好。如果我們每個人都能出一份力，為了公共的利益，也為了全人類的福祉。那麼讓每個人都過上良好生活不會是空想，而是會成為能夠付諸行動的計畫，在數不清的光陰之後，我相信每一個人都能夠過上好的生活。

歡笑的種子

吳孟倫

　　勇氣是從歡笑的種子萌芽，陪伴是富含養分的土壤，靜靜地守護著歡笑的種子；鼓勵是溫和的陽光，而努力是光合作用，它藉著環境給它的能量，讓這名為「勇氣」的植物從種子長成一株小樹苗。

　　在八年級的服務學習中，我在醫院第一次看見紅鼻子醫生，他們有趣的裝扮，誇張搞笑的演出，使身旁的人能夠卸下心防，快樂的和他們互動，感受放下緊張情緒後的歡樂氣氛。

　　這個世界上，有部分孩子的童年，不是在公園裡的遊樂場度過，而是在醫院裡和疾病奮鬥。他們承受著生理上的不適，以及心理上對於疾病的恐懼，儘管如此，他們還是得鼓起勇氣面對疾病的痛楚與各種治療。藥物是打敗病痛的武器，醫護人員與父母是和小患者並肩作戰的戰士，在這樣的情況下，孩子、家長以及醫護人員都承受著各自的壓力而需要紓解，有群人注意到了這件事，所以他們組織一個劇團，扮演小丑進到醫院裡，用各式各樣的搞笑表演為大家帶來歡笑，讓病房變得更有溫度，這就是「紅鼻子醫生」的由來。

　　紅鼻子醫生是一個由小丑醫生組成的公益表演團體，所謂的小丑醫生，是受過專業訓練的小丑演員，他們一週會有兩次進入醫院，為每個孩子提供不同的表演，可能是唱歌，

吹口琴，說故事或拿各種玩具和小患者玩，讓小病童住院的苦悶生活增添不少歡笑與色彩，進而使小病童們更有勇氣面對治療。同時，紅鼻子醫生團隊也有進行小丑醫生的專業培訓，課程包括心理學，醫學倫理學，醫學專業知識，表演課，與醫院實習等等，當課程結束後，他們還得經過甄選才能成為正式的小丑醫生。

在那次服務學習的過程中，我也聽到了臨床醫師的想法，他們覺得這些病童的家長已經夠勇敢了，因為即使是專業的醫護人員，也不一定有能力二十四小時面對與照料患病的小朋友生理與情緒的問題。因此，任何能夠紓解家長和病童壓力的活動，其實對病情都是有幫助的。有一次妹妹因腸病毒感染，嘔吐到不能進食甚至脫水，媽媽只好帶她去醫院治療。那時媽媽擔心的神情和疲憊的身影，讓我更加了解醫生的話，面對長期生病的孩子，家長會需要很強大的心理支持，才能以健康的身心陪伴孩子度過難關。

小時候，我讀過一本名為《安安：和白血病作戰的男孩》的繪本。故事中描述安安從罹患白血病到康復，身邊的爸爸、媽媽、姊姊、好朋友和安安自己的心路歷程。姊姊因為凡事被要求體諒弟弟，覺得不被父母關心；學校同學因為不了解白血病，害怕白血病會傳染，對安安敬而遠之。還好，醫院裡同樣得病的朋友，鼓勵安安勇敢面對；爸媽在安安害怕時，告訴他一定可以打敗病魔。而安安從一開始對自己生病的否認、憤怒，到出院時開心的說出：「我就知道我會贏！」更是一個克服恐懼的最佳典範。當一個人罹患重病，通常會有五個心理階段，分別是否定、憤怒、討價還價、沮喪和接受，

在這些不同的心理階段，都需要很多像紅鼻子醫生這樣的支持，才能提起勇氣向前邁進。

除了病童和家長，醫護團隊也是紅鼻子醫生的幫助對象。他們的工作常常是在高壓的環境下進行，不只照顧病人，還要調適自己的情緒。在疫情的影響下，大眾也更能了解醫護人員的辛勞和心理壓力，這時對他們的關懷更顯得意義非凡。

勇氣和勇敢並非是與生俱來的，它們得藉由各種陪伴、鼓勵和努力，才會一點一滴的發芽、成長。而紅鼻子醫生所發揮的影響力，正是種下那顆歡笑的種子，給它養分，讓勇氣日益茁壯，也使所有的人體悟到：原來，生命可以如此堅強！

豐穗

——古亭青年文藝獎十一週年精萃集——

小說組首獎

Happy ending

朱心綾

「美人魚沒有痛下殺手，她不忍心殺害自己最深愛的王子，最後，她的身體溶解為泡沫，在第一道曙光的照耀下，從此消失得無影無蹤。」語畢，樊歆瑤闔上書，將書置於床上。

「咦？為甚麼最後人魚公主沒有跟王子在一起？人魚公主好可憐。」剛滿四歲的弟弟天真地道。

歆瑤輕撫他的頭說，「姐姐我呢，覺得人魚公主其實很幸福，她為愛犧牲，最終雖然沒有和王子在一起，但她無怨無悔，這樣的不朽的精神，流傳了下來，使世人們對她讚嘆有佳，難道不是好的結局了嗎？」

弟弟噘起嘴，水汪汪的大眼凝視著歆瑤，堅定地說，「可是……可是……如果我是王子，就不會搞錯救命恩人，並且還會跟她過上幸福快樂的日子！」

「好好好，姐姐不跟你爭了。」樊歆瑤失笑。

「嘻嘻！啊對了，姐姐妳明天也不回來嗎？」弟弟瞳裡閃過一絲落寞。

歆瑤心猛地一揪，稍稍別過臉，輕抿著唇，「嗯，姐姐明天要值班一整天，無法回來陪你，要記得聽保姆姐姐的話，如果你一整天都很乖，沒有讓小熙姐姐不開心，後天姐姐便帶你去遊樂園玩～」她揚起嘴角。

「好了，睡吧，晚安。」

啪嗒，一切在此刻猛然蒙入灰暗之中。

弟弟配合地蓋上棉被，跟歆瑤道聲晚安後，便闔上眼，安詳地進入夢鄉。

樊歆瑤趴在床旁，深深凝睇著弟弟，一股莫名的情感頓時充斥她身體的每個角落，歆瑤艱澀地嚥了嚥口水，站起身，輕步走出了房間。

她跪上客廳裡的方型墊子，雙手十指緊扣，虔誠地凝視著前方兩立牌位，「媽媽、爸爸，我一個人真的照顧得了弟弟嗎？幾乎沒什麼時間可以待在家裡陪伴他，大部分的精力也都消耗在了醫院，這樣的我真有資格做弟弟的榜樣嗎？拜託請你們啟示我。」她大力吸一口氣，將木製筊杯扔出。

「鈴鈴鈴、鈴鈴鈴！」鬧鐘聲在此時劃破了寧靜的清晨。

歆瑤隨手按掉那煩人的鬧鐘，朦朧的撐開沈重的眼皮，「搞什麼，現在才六點而已，離上班時間還遠得很。」她重新閉上眼睛，可卻在下一秒匆匆忙的坐起身。

她先是拿起鬧鐘仔細端詳，接著環顧四周，最後，大腦裡萌生出了個巨大疑問──

「我現在在哪裡？！」

回想起昨晚殘餘的記憶，可卻怎麼也不明白為何醒來後，是在這個陌生的地方，並且自己完全沒有此處任何記憶，霎時，她渾身血液彷彿瞬間凝結成冰，懼意肆意蔓延開來，各種不安因素迅速席捲上她的神經系統，她一凜，一個答案從她心中緩緩浮現──

「難道……我被綁架了！？」她倉猝地爬下床，腳尖卻在觸及地面的冷意下迅速收回。「哎呀～怎麼這麼冰？」她往地上一看，沒料到這裡的地板，竟然是玻璃製成的，而底

豐穗
──古亭青年文藝獎十一週年精華集──

下是一大片花園和海灘。

「呵，綁架我的人還真有錢吶！」她自嘲的笑了笑，穿起腳旁鑲滿鑽石的米白色拖鞋，躡手躡腳地踏出房間，卻在看到門外景象時，驚訝得目瞪舌僵。

「哇！這裡是城堡嗎？」放眼望去走廊兩旁盡是價值不菲的名畫，低頭一看，腳下正踩著艷紅的大地毯，上面還點綴著類似金箔的片狀物，抬頭一望，映入眼簾的是一架巨型的彩色水晶大吊燈。

歆瑤震驚於這裡的豪華，正當她還想再深入觀察身旁的畫作時，「卡莉絲塔公主！」一個聲響將她的焦點轉移置右前方，一位身穿黑白女僕裝，頭上裝飾著黑白荷邊髮帶的「男人」就這麼猛然地耀入眼簾。

他緊接著說，「主子要公主您七點整置大廳內集體用餐，說是有重要的事情要討論。」交代完後，便頭也不回地跑回走廊盡頭，留下還處於呆滯狀態的歆瑤。

「公主？呵！他在胡說什麼啊？又不是在玩扮家家酒，況且，那個卡什麼塔的也不是我的名字啊，肯定是認錯人了。」歆瑤甩了甩手，不以為意地道。

忽然間，歆瑤想到了個逃命方法，「要不然，我等到他們集合到大廳時，偷偷從大門或側門逃走！」她的唇角微微一勾，對於自己的計畫十分滿足。

7 點 05 分，大廳內

「二女兒哪裡去了？都已經過了約定的時間了！」坐在主賓位的男人忿忿地站起身。

「父王～別生氣，妹妹她一定是有什麼苦衷，才會晚到

的，我們就再等她一下嘛。」長得特別出眾的女孩道。

「沒錯沒錯，姐姐不會無緣無故遲到的！」個子較矮小且留著妹妹頭的小女孩點了點頭。

另一邊，躲在乳白大理石柱後面的歆瑤正小心翼翼地拉開後方門把，她的心臟因緊張而劇烈收縮，待順利逃出後，她便因腿軟而直接倒坐在地上，大口呼吸，「呼……真是……太好了！」她感嘆道。

當她起身，準備離開此地時，後方的大門卻倏然開啟，她一驚，連滾帶爬地躲進身旁花叢裡。

「卡莉絲塔那丫頭到底跑去哪裡了啊？」剛剛在大廳裡長得特別出眾的女孩有些不耐煩地道。

她先是左右轉頭，似乎是在尋找那個卡什麼塔的女人，最後，她的視線停留在遠方，接著便頭也不回地飛奔過去，歆瑤見狀，連忙向那處看，她一驚，隨即追了過去。

一位白皙光滑皮膚，披著黑色斗篷式大衣，身穿暗藍色訂製西裝，長相十分英俊的男人就這麼毫無防備地躺在沙灘上。

「有……有人溺水了！快來救人阿！」長相出眾的女孩驚慌失措地叫。

身為胸腔外科醫師的樊歆瑤眼看情況危急，而那人又似乎已經失去了意識，二話不說，立馬做起心肺復甦和人工呼吸，「快叫救護車！」

那女孩蹙額，疑惑道，「什麼？那是什麼？」

接著，她冷靜地說，「先送去給醫生看看吧！況且我們也不知道他是誰，還是先不要亂動的好。」

歆瑤這才停下手邊動作，看向她，輕輕。

「病人是因嗆太多水而導致的昏迷現象，所幸卡利斯塔公主即時搶救才將他脫離險境，目前尚未完全清醒，需等候幾個時辰。」醫生邊娓娓道來的闡述目前情況，邊將剛到手的小費塞進褲兜裡。

「我到底在幹嘛？」站在醫生旁的歆瑤嘆了口氣，垂下頭，「哀…還不是那該死的義氣，害我忍不住想要救他！好不容易逃出去的說呢……」

這時，一道聲響冷不防地衝入她耳。

「妹妹！」長相出眾的女生衝著歆瑤高呼。

「愛斯莉！妳怎麼這麼沒有規矩？父王不是說過不准亂吼亂叫的，怎麼……」歆瑤倏地止口，「等等……等等！」她一凜，「我為什麼…會說出這段話？我明明不認識她啊！」，後腦杓劇烈抽痛，兩個人的記憶在她面前同時浮現，耳邊也傳來了淒厲尖叫聲，歆瑤跟蹌倒地。所幸不久後劇痛漸漸消逝，歆瑤也逐漸恢復聽覺。

「妹妹！妹妹！妳還好吧？」名叫愛斯莉的女生蹲坐在歆瑤旁，語帶關心地問道。

「啊……我沒事，只是有些累了，我先回房休息，晚飯就幫我跟父王說送到我房間就好。」歆瑤撫著頭，邁向房間。

仰躺在純白潔淨的床上，歆瑤輕闔上眼，「所以說，現在到底是怎樣啊……真是搞不清楚了，話說，愛斯莉這個名字好耳熟，是在那裡聽過的？」忽然間，她豁然貫通，雖然結果極為罕見，幾乎不可能發生，不過，當種種一切全串連在一起時，原本看似奇怪的現象便可以合理的解釋。為了證

明自己的想法是正確的，樊歆瑤必須確認一件事。

「不……不要！等等我！」躺在床上的男人倏地睜開眼，額頭上的冷汗就在此時劃過臉龐，抵達下頜。

「你終於醒啦～」坐在一旁的樊歆瑤對著他燦地一笑。

「你好。」剛走進房的愛斯莉也禮貌地莞爾。

「妳……妳們是誰？這裡又是哪裡？」他語帶防備地問，手也不自覺地環起。

「我是卡莉絲塔，這座城堡的二公主，她是我的姐姐——愛斯莉。」語畢，歆瑤深深地注視他，唇角微揚，腮上的酒窩若隱若現，「那你呢？你叫甚麼名字？」歆瑤問。

他心跳頓時漏了一拍，撇過頭，「我是安斯艾爾，西王國的王子。」

「果然！他果然是男主角！雖然很難以相信，但是，我真的正在童話故事書裡啊！」歆瑤驀地站起，飛快攬起他的衣領往外衝。

「妳要幹嘛啊？！」

「妹妹妳要去哪？」

「放開我！」

歆瑤此時已將一切杜絕於外，她熟悉故事的劇情，並且考慮將此告訴安斯艾爾，讓他協助她逃離這世界。

她停下腳步，凝視著他，「你還記得，你當時為甚麼會躺在海灘上嗎？」她記得是因為一場暴風雨襲擊了安斯艾爾所乘坐的大船，船因此翻覆，美人魚救了他，可他卻以為愛斯莉是他的救命恩人，因而引發美人魚的悲劇。

「我只記得自己溺水了，待我思緒都連接上時，便是剛

豐穗
——古亭青年文藝獎十一週年精華集——

剛的情況，中間的過程我都不記得了。」他似乎很努力地回想，卻怎麼也不記得是人魚公主救了他。

「該死！我好像改變了劇情，這樣我會不會回不去？」歆瑤擰眉，抬起手腕，撥開斯蕾絲喇叭袖，17 點 59 分。

「美人魚還是很擔心王子，於是，有很多早晨和夜晚，她浮出水面，藏在大岩石後偷覷王子所在的城堡。」

「啊對了！人魚公主會在傍晚出現。」她擊掌。

「欸你！」歆瑤朝向安斯艾爾，略勾起修長的手指。

他嘆息，「這女人到底在想什麼？方才將我拉出醫院，結果跑到一半時，又突然止住，現在又對我沒大沒小的，更何況我是王子耶，也要有基本的禮貌吧，雖說以她這姿容要說沉魚落雁、閉月羞花也不為過，但也不至於這麼囂張吧？！」

「嘖嘖，要幹嘛」他不耐煩地走近歆瑤。

歆瑤踮起腳，附上他的左耳，「今天晚上 8 點半，在這裡會合。」

他一驚，隨即跳開來，跟歆瑤拉開距離，撫上已經紅赤赤的耳尖，結巴道，「妳……妳……妳幹嘛啊！」

他驚慌失措的樣子，簡直跟犯錯的孩子沒兩樣，眼看這違和的畫面，歆瑤噗哧一笑。

「好啦好啦，不鬧你了。」歆瑤瞬間斂起笑臉。

「來還是不來？」

他思索半晌，道，「我會去啦！」靦腆一笑，兩頰緩緩浮上淺淺緋紅。

「妳帶我來這幹嘛？」安斯艾爾疑惑。

「你等會兒就會知道了，我們要去阻止一件即將發生的大事！」歆瑤笑答。

「啊！快躲起來！」歆瑤猛地將安斯艾爾推進身旁叢林中，自己也縱身跳了進去。

一震劇烈刺痛瞬間襲捲上她，她轉頭一看，右肩被玫瑰花刺深深地扎入肉裡，她咬緊唇，將隨身攜帶的匕首拿出，強忍著劇痛，割開被扎到位置旁血淋淋的肉，將刺取出。

「妳還好嗎？怎麼都不說話？」隔壁花叢裡的的安斯艾爾見歆瑤狀況不對，便急忙關心。

「我沒事。」她有氣無力地道。

安斯艾爾看向海岸上，一位有著碧藍耀眼頭髮的女人正坐在海邊，上半身在海上，下半身陷入海裡，手裡緊握著玻璃瓶背對他們，仰頭望向星空。

安斯艾爾見她行為不正常，立刻朝她大嚷，「喂！妳在幹嘛？！妳……」

歆瑤急忙摀住他的嘴，食指輕觸自己的唇中央，卻見安斯艾爾撇開了視線，這才意識到自己現在所做的動作有多麼不妥，她隨即撤回手，可安斯艾爾的唇形和溫度依舊殘留於她的手掌心，歆瑤羞紅得摀住臉。

「框啷啷。」玻璃的撞擊聲衝破兩人旖旎的曖昧氛圍。

海岸上的女人敲破玻璃罐開口，歆瑤二話不說，衝了過去，「該死！都忘了來這裡的目的了。」

她一把搶過女人的玻璃罐，抱在懷裡死死不放，女人大驚，眸裡閃過一絲殺意，朝著歆瑤撲了上去，將她拉進海裡，兩人在水裡進行了一陣扭打後，歆瑤的體力漸漸不支，目前

的情況對她很不利，且傷口在接觸海水時就感染了，現在必須上岸，於是她立即擠開人魚公主往上游，腳卻恰好卡在石頭縫裡，動彈不得，她掙扎，正當快要沒氣時，一雙大手拽住了她的衣領，往上拉。

在歆瑤的前方，一個面孔從模糊逐漸變得清晰，「安斯艾爾？」

他板起臉問，「這便是妳說的大事？」

歆瑤無法再繼續隱瞞下去，一五一十地告訴了他。

「總之，就是這麼回事啦！」她嘆息。

「所以妳要我幫你回到現實？」

「是的。」

他想也沒想便答，「我會幫妳。」

「可是妳要答應我。」他提出了條件，「果然！還以為他會心甘情願的幫我勒，真令我失望。」歆瑤訕笑。

「妳一定要答應我，回去後會幸福。」他眸裡泛著淡淡的柔和。

她掩不住愕然，「喔……好，好喔。」

再來，歆瑤告訴了他自己的策略，並且認定只要劇情一結束，便可以重回現實世界。

只要王子跟人魚公主相愛。

安斯艾爾照著歆瑤說的劇情走，而歆瑤也在背後順水推舟，讓他們倆步入美好結局。

女主角需要腿，她便喝了那瓶巫婆的藥，從此成了啞巴。

男女主角的婚禮遭人刻意破壞，她傾家蕩產，重新佈置了一番。

女主角被男主角的追求者們暗殺，她卯勁全力擋住。

卻也因此造成了不可挽回的後果。

她的性命就這樣葬送在童話故事裡。

她清楚明白，那是死亡的感覺。

一眨眼，還沒回過神，歆瑤已經佇立於自己的家中走廊了，經過了一趟奇幻旅程後，她已經退去了從前的稚嫩，開始不再畏懼死亡，畢竟這對她來說只不過是人生的必經路程，唯獨始終放不下自己的弟弟，他還小，卻必須經歷生死離別、失去親人的苦楚⋯⋯

「親愛的弟弟呀，姐姐對不起你，遊樂園的事，是我失約了，但請不要責怪姐姐，願你能早日走出傷痛，我會⋯⋯」

「姐姐！」歆瑤日夜所盼的身影現在正朝著她狂奔，他燦爛的笑靨使歆瑤原本平整的心律再次亂了序，她此生從未像此刻這樣興奮，名為「愛」的情愫脹破了她封閉的心，也脹破了她原本嚴厲遵守的原則，此時此刻，她只想擁抱愛的人。

歆瑤情不自禁地攤開雙手，迎接弟弟。

正要碰到的那一剎，歆瑤突然感覺身體一陣空虛，弟弟就這麼「穿越」了她，繼續朝著前方奔馳。

「小熙姐姐！」他嚷。

歆瑤錯愕不已，全身如被雷劈，只能杵在原地，諦聽他們的對話。

「我可愛的弟弟呀～姐姐都被你融化了呢！等等要去遊樂園，你先去換衣服吧，今天就是要玩到瘋！」後方一陣歡呼聲。

豐穗──古亭青年文藝獎十一週年精華集──

「嗯！我今天要穿姐姐送我的新衣服去玩～」語畢，歆瑤的弟弟奔回房，準備待會兒遊樂園需要的東西。

歆瑤瞥見走廊盡頭掛著一張全家福，她湊近一看，裡頭有著弟弟、毫無關聯的小熙保姆，和已經過世的父母親，卻獨獨遺漏了歆瑤，她似乎從不曾存在於他們的記憶中。

突然間，她似乎明白了甚麼，倚著牆坐了下來。

歆瑤想起了前天晚上的擲筊。

兩陰面。

「這樣也好，沒有人會為我的死而難過，大家都開開心心的，方語熙不但能得到夢寐以求的家庭，爸媽也還健康地活在這世上，沒了我大家反而過得更好。」歆瑤咽下強烈酸楚，胸口悶痛得喘不過氣，她擠出一抹淺淺微笑，想催眠自己「我很好」，但同時淌下的熱淚卻無法再允許她欺瞞自己。

歆瑤在被遺忘的當下，嚐盡了永世的孤寂。

直至最後，她都沒能將心意傳達出去，那個，永遠見不得光的，畸形的愛。

她被全世界給遺忘了，彷彿被人刻意抹去一樣。

徹徹底底。

「好了沒？」小熙待在門外呼喊。

「好了！」歆瑤的弟弟穿好牛仔褲，迫不及待地衝出房間，卻不小心撞飛位於床邊的童話故事書，書墜落地上，內容停留在最後一頁。

「從此，安斯艾爾王子和人魚公主便過著幸福快樂的日子。」

那年冬日‧遇見

蔡睿璟

英姿颯爽，這是夏燨燴對他師父的第一印象。

夏燨燴記得那一日恰逢大寒時節，北風凜冽，路上行人步履匆匆，走過他旁邊時側身閃過，似乎連說一句「借過」的時間都沒有。

短袖上衣和薄長褲，他在屬於羽絨衣的季節裡格格不入。

不，不止這裡，他已經記不清楚是從什麼時候開始了，他一直以來都跟別人不一樣。

不僅僅是不怕冷而已，他的靈比一般人輕，說通俗點是天靈蓋不像常人一樣在三歲時閉合，如果再說白一些就是他看得見鬼。

陰陽眼，這三個像都市傳說一樣的字，是真真實實在夏燨燴生上發生的。

不過有點不一樣的是，尋常人靈輕只能夠看見一般的靈魂，但夏燨燴全都看的見。

無論神魔抑或是仙鬼，他都能看到，但這並不全然是好事，很多時候還會帶來一些特殊的「生活體驗」，例如此時此刻。

夏燨燴看著空中身披混天綾，手持火尖槍和乾坤環，雙腳踏風火輪的少年。雖然外貌與史實不大相同，但法器卻是一模一樣，比三太子李哪吒還像三太子李哪吒。

　　除非有人不要命地去搶劫中壇元帥，並且在天時地利人和的情況下成功了，不然在雙手持法器的狀態下，李元帥可以說是絕無任何被認錯的可能。

　　哪吒雙腳下的風火輪持續滾動，耀眼金光流竄於暗藍夜空，散射出的火焰細碎而密集，在風火輪後交織成鮮紅綢緞，隨著移動落下銀漢，為平平無奇的一日添了一場流星雨。

　　由於距離問題，夏爔爐可以清楚感知到附近溫度往上提了一些，高空景物隨著烈火扭曲，如騰蛇一般蜿蜒。

　　普通人不會知道這些，無論是神靈抑或鬼魅，只要是非針對性的行為，對他們生活都不會有影響，也算世界對他們的另一種保護。

　　這人間來來往往那麼多，一個人好好生活已經很有難度了，何苦再為本與己身無關之事操煩？

　　夏爔爐腳不自覺往前走了幾步，彷彿是要追上前頭正在移動的風火輪。

　　或許是為了看得更清楚一些，又或許是為了其他任何理由，他說不清也不知道，當時那一刻究竟是為了什麼。

　　只見哪吒伸手一甩，手中長槍高舉過頭，在上方俐落地轉了一圈，迸發出絲絲火舌，落下時斜舉到身側，尖端直指向前。

　　對面那人身長餘丈，通體暗黃，著寬鬆黃衣褲，眸光順著火尖槍看去。在與哪吒視線交會的那一刻，嘴角略微勾起，扯了個不太好看的笑臉，咧嘴吐出一口長氣。

　　污濁黃氣朝前襲去，哪吒抓著乾坤環的左手向旁垂落，任由混天綾滑下覆住五指。小指一勾一踢，將混天綾拉到身

前擋住襲來的濁氣。

接著火尖槍向前直刺入對方左胸，在完全穿過後果斷拔出，留下一個烏漆漆的洞。

沒有夏爔燴想像中的鮮血直流，亦沒有其他能代表傷害嚴重的指標，只有一個窟窿提醒著人們他曾被貫穿。

那人手舉起，一拳就向前揮去，挾帶與剛才相同的昏黃濁氣。

哪吒也再次出手，側身閃過接連而來的拳頭。躍然一跳，在比那人頭部高些的位置呈頭上腳下的姿勢，兩腿屈起，手使力向下，用乾坤環向對方頭部砸去。這一次同樣沒有鮮血淋漓，不過那人身軀卻震了一下，似是再無招架之力，在空中化作黑煙，無聲消散在空中。

待面前那人完全消失後，哪吒將火尖槍和乾坤環收起，僅留下腳下踩踏的風火輪與披在身上的混天綾。

哪吒轉過頭目光落在下方，在半空中衝夏爔燴笑著比了個噤聲的手勢，而後一蹬風火輪，朝遠處離開了。

一人一神第二次見面是在廟裡。

大寒過去兩日恰逢週休，辰時只餘二刻。

廟前紅燈籠接續不斷，在太陽照射下閃著微弱光芒，令人分不清那是陽光還是燈籠本身的亮光。燈籠底部垂著流蘇，晃動時發出窸窸窣窣的細微響動，宛若虔誠信徒正低聲祈禱。

正殿門口有三個門。中間是主門，平時會立上紅色寬木板當作門檻，僅在進香期和神明出巡時拿走，以供神明出入。左右兩邊則分為龍門和虎門，一入一出，象徵入龍門出虎口。

一進去，廟內僅有寥寥幾個人，沒有進香期的熱鬧非凡，

豐穗
——古亭青年文藝獎十一週年精華集——

沒有古早時候的人聲鼎沸，更沒有舊時代輝煌光采。

宗教活動在時代變遷下式微，滿城鞭炮聲停在耄耋老人們的回憶中，隨著吹糖、畫糖一同逝去，成為一場回不去的美夢。

檀木香燃燒產生的氣味在空中散開，越過供品，翻過長桌，嘻嘻笑笑著從大門跑出去，奔向更遠的世界。

「喂──！」

一個帶點稚氣的男聲從不遠處傳來，夏爔燼聽到後便順著聲音方向看去。

在視線盡頭他看到了一個一點也不意外的人──二日前就見過的哪吒。

他坐在最靠近神壇的木質長桌上，雙手撐著桌面，雙腿自然放下，由於碰不到地，正有一下沒一下地晃著。

墨髮一絲不苟地束在腦後，鎏金髮簪尾部尖細，鋒利得能在手上開一道血口，前端花紋刻畫精細，在穿過長髮與頭冠固定二者時，猶如神龍凌空飛舞。而被髮簪固定在頭上的金冠更是引人注目，八個下長上短的六角形相連成環，六角形上方的寬邊經由打磨略顯圓滑，頂端收成尖端，側面則是上半部鏤空，下半部陰刻細紋，令人不自覺聯想到金蓮花盛放。

赤色寬袍下襬垂落至腳踝處，腿手皆被布料覆蓋，手臂長袖服貼僅袖口較大，在小臂和腕處聚攏為層層皺摺。紅袍領口高度可及半頭，立起圍著頭後方，臉部兩側的領子自然向外展開，而長袍沒蓋住的脖頸處顯出內裡灰紫色襯衣。

胸前蓋著一塊圓形鎧甲，腰間環繞金色甲冑，右手大臂

上邊是一塊順著手臂弧度而生的盾，左手大臂中段則是中空圓柱形的護手金甲。

在寬袍遮不到的地方是——一雙鐵製緋金尖頭長靴。值得注意的一點是：鞋後跟為了方便行動這一緣由打造得並不高，可以說是實用性質和美觀程度並重。

一般宮廟主神若是武將，在神像雕刻方面普遍會選擇文武甲，一半文官袍、一半鎧甲，並同時根據神明的法衣去做調整服裝形式。

文武甲會讓武神看起來較慈善、較無肅殺之氣，也符合了人民並不喜歡戰爭，希望國泰民安的想法。

「李、李元帥？」

夏爔爐花了一秒組織言語後，小心地提出疑問。

其實這一句話近乎多餘，但實在不知道怎麼接話的夏爔爐，到最後只能夠選提出早已知道答案的問題作為開場。

事實從不需要強詞辯駁，僅僅是擺在那裡，就足以令所有人清楚一切。

「吾乃中壇元帥李哪吒，」表明身分之後，他並沒有就此停住，繼續說道：「二日前得與君有緣，汝告我君之名？」

有些事其實不用問別人，哪吒就可以知道，但事事都要自己查，就不符合他的個性了。

陳塘關總兵李靖的第三子，姜子牙攻打紂王時的先鋒官，哪吒自幼貪玩是人盡皆知。

他還曾不小心以乾坤環打死東海龍王的三太子——敖丙，並抽其龍筋，導致事後剃骨還父、削肉還母，以避免自己為父母和二位兄長招來殺身之禍。

　　對哪吒來說，有緣人是有緣人，不過也僅僅是有緣，緣分長短還是要人去決定。

　　「夏爔燴，盛夏的夏、赫爔的爔、熠燴的燴。」

　　夏爔燴雖然對文言文不甚了解，但推敲一下也能猜到哪吒問他什麼，一下收了方才的震驚和無措，泰然回答。

　　「名字不錯。」哪吒從桌上一躍而下，雙腳落地時金屬和地面撞擊發出兩下噠噠聲，他站在夏爔燴面前道：「不如做我徒弟？」

　　或許是意識到夏爔燴可能聽不懂文言文，再一次開口時說話方式成了較貼近現代的用詞。

　　他會說白話文其實也沒什麼好大驚小怪的，每天信徒來來往往，求身體健康也好，求事業順利也好。無一例外，說的都是白話文，他若不懂，還怎麼濟世？

　　「啊？」

　　夏爔燴倏地愣了一下，總覺得哪吒前後兩句毫無關聯，收徒這件事有點像臨時起義。

　　「你跟我有緣，又有這方面的天份，學點東西不錯啊。」

　　「認師父一般不是有很多程序嗎？」

　　依夏爔燴來看，哪吒所言並非毫無道理，何況如果真的有這方面的天分，很多事不是他能決定的。

　　帶天命這種事情就算有意避開，兜兜轉轉後，終究還是會走上那條路，只是時間早晚問題而已。

　　「那倒不必，我沒有那麼多規矩。」雖然當初他拜太乙真人為師時，三跪九叩和其他禮數一樣沒少。但隨性如他，自己收有緣人為徒時，很多禮數都免了。「以後叫我師父就

行。」

「師父？」

夏爔燴試探著叫了一聲，姑且算是認哪吒為師。

哪吒沒應答眼看四下無人，換出風火輪，拉著夏爔燴登上了廟頂。

雖然已到巳時，但大寒才剛過不久，毫無夏日暑意，日正當中坐在廟頂橫樑上倒也不熱。

兩人之間隔了一點距離，此時的他們比起師徒，反倒更像是朋友。

天火隱沒在雲彩之間，那些光亮的、鮮明的鋒芒消去大半，只餘下溫柔旖旎的光輝落在塵世間。

歲月靜好，現世安穩。

有時，你的選擇跟別人不一樣也沒關係，不平凡的選擇造就不平凡的人，而他們終會為自己締造出另一個傳奇。

在生活這件事上，只要永不妥協，成功的大門便會永遠為你敞開。

第十一屆古亭青年文藝獎

優勝作品精選

第十一屆古亭青年文藝獎得獎名單

新詩組

首獎：906 胡宸菡〈失眠夜〉

優選：906 鄭融禧〈玩家〉／ 906 陳思嫻〈素描〉

佳作：906 吳家萱〈口罩〉／ 906 許喬茵〈骨牌〉

　　　801 施昀希〈水蒸氣凝結〉／ 906 黃　雋〈閱讀〉

　　　806 蔡睿璟〈光・消逝〉

（評審：林泰安校長、楊維仁老師、李麗文老師）

散文組

首獎：706 巫允辰〈在綠色角落裡有你陪伴的溫度〉

優選：906 陳奕璇〈雨滴〉

　　　906 顏子玦〈那給國旗「降半旗」的海盜船船長〉

佳作：705 曾姿瑜〈生命〉／ 906 蘇怡璇〈鑰匙〉

　　　702 林品妤〈為被愛而生〉／ 801 楊豐群〈童年的回憶〉

　　　701 楊子樓〈在成長中逐漸明白的一件事〉

（評審：陳欣瑀老師、黃郁芸老師、簡妙如老師）

小說組

首獎：901 劉祐安〈魔貓〉

優選：802 馮品瑄〈愛情的結局〉

　　　703 湯子杰〈不願生在王家的皇子〉

佳作：806 蔡睿璟〈就用所有美好向友誼致敬〉

　　　705 孫　芮〈克萊因藍的回憶〉／ 802 劉乙德〈異星生物〉

　　　804 何璐伊〈探索〉／ 802 許媛鈞〈畫〉

（評審：黃惠貞老師、黃昱嘉老師、李姬穎老師）

失眠夜

胡宸菡

靜謐的夜
睡意　奮力與清醒拔河
瞌睡蟲輸給離奇的故事
只好任憑書中的主角
在昏亂中找不到結局

紛繁的夜
指針　狂野的在腦中打鼓
厚重眼簾　敵不了強烈節奏
只好任由長短不一的鼓棒
敲打無法靜止的演奏會

無助的夜
小鹿　急躁的在森林中莽撞
糾結的內心　避不開繚繞的藤蔓
隨著枝葉間依稀透進的陽光
慌忙地尋找出路

新詩組優選

玩　家

鄭融禧

停下來　別再跑了　翻滾的思緒
停下來　別再跳了　騷動不安的心
停下來　別再唸了　呶呶不休的叮嚀
詩人的桂冠已逐漸枯萎
將軍的鎧甲已斑駁無光
我是否還是百步穿楊的射手？
我是否還能譜寫一段不朽的詩章？
是誰　那個神采飛揚的男孩
在靶邊對我揮手微笑緩緩走來
一步一履映出眼眸的堅定
穿透灰濛濛雲隙的聖光
引領我尋找　心最初的方向
我不是詩人　也不是射手
我是　以箭為筆
畫出自由飛翔的玩家

素　描

陳思嫻

用思念描繪你
錯綜複雜的想法
交叉　重複　勾勒
用懊悔擦掉羞赧的痕跡
永遠擦不乾淨殘餘的記憶
用時間覆蓋從前
填滿
填滿空洞的想像
由深至淺
最後用悲傷的眼淚
洗掉　洗淨
徒留下青澀的白

新詩組佳作

口　罩

吳家萱

我願成為口罩
為你遮去世間的紛擾
在我懷抱中
你的容顏如昔日般美好

我願成為口罩
遮去你的不自信
只留下你燦爛又迷人的眼睛

我願成為口罩
當別人離你 1.5 公尺的距離
我能靜靜地傾聽你最細緻的呼吸
即使　我的身軀終將被你遺棄

在綠色角落裡有你陪伴的溫度

巫允辰

　　人，總是在不知不覺中，被迫成長。

　　國小最後的暑假，美術班考試因為疫情險峻而一延再延，隨著考期一天天的延宕，一顆顆沉重的石頭，重重的壓在我的心上，就在這樣焦灼的心情中，我驀然發現，無憂無慮的童年時光，從我的指尖悄悄流逝了。

　　終於考上夢寐以求的美術班，初次踏進古亭國中的校門，那看似小巧簡樸的校園，卻綠意盎然，暗藏無限生機，讓我在陌生中，有種莫名的熟悉感。開學第一天，我興奮卻也忐忑的踏進教室，同學們三五成群的聚在一起，像老友般談笑風生，讓從小不擅交際的我，好奇的觀察他們。原來，這邊一群是國小美術班的同學，那邊一群是畫室相識的伙伴，而我，國小普通班畢業，也從未上過畫室，就像一個誤闖入別人領地的鄉巴佬，顯得有點格格不入。

　　開學第二週，班上同學之間的小圈子依舊壁壘分明，而我還是沈浸在自己的小世界。有一節下課，教室外陽光燦爛，我到走廊散步，從三樓往下看，中庭的草坪上，一群學長正在踢球，忽然，一陣撲剌剌的聲響，一隻受到驚嚇而飛到樹梢上的黑冠麻鷺，瞪著油亮的眼睛對著我，我原本也被牠嚇了一跳，但看到牠笨重的身軀，壓得樹枝左右搖擺，好不容易停下來，又一陣風吹得牠上下搖晃，一副隱忍著慌張，假裝若無其事的神態，讓我忍不住會心一笑，牠看我一臉無害，便也老神在在的轉頭看向遠方。這是我和牠的第一次邂逅。

黑冠麻鷺羞澀而笨拙的樣子，讓同樣害羞的我得到一絲安慰，感覺在偌大的校園裡，交到了第一個朋友！

　　之後，我便常常在生態池的附近，尋找黑冠麻鷺的蹤影。我發現，校園裡大約有三隻黑冠麻鷺的蹤跡，然而，牠們幾乎都是單獨活動，在草坪和生態池附近安靜的覓食。有人靠近時，牠們會伸長脖子，彷彿雕像一樣靜止不動，時不時還偷瞄一下來人，那樣子傻里傻氣的（怪不得被叫做「大笨鳥」），如果持續受到驚擾，牠們會低身跑步離開，或飛到樹上躲避，看起來十分呆萌。有一次下課，我在走廊上望著前方的樹梢發呆，忽然發現兩隻黑冠麻鷺站在樹枝的兩端，牠們時不時偷瞄一下對方，再若無其事的看向遠方，好像正在相親中，真是一對害羞的傻鳥。又有一次下課，我走出教室透透氣，看到一隻肥嘟嘟的黑冠麻鷺蹲坐在池子裡，不停扭動自己的脖子，不知道在做什麼。不久，一直瘦小的黑冠麻鷺慢慢走近，肥嘟嘟馬上站起來，直瞪著對方，等瘦小子識趣的離開，牠才又蹲下，繼續悠哉的扭動牠的脖子。那一刻我領悟到：真正的強者，比的不是拳頭，而是氣勢！

　　國中生活被繁重的課業填得滿滿的，不僅學科有考不完的試，就連我喜愛的術科，也讓未曾接觸正統美術洗禮的我，感受到能力不足的壓力。我全力以赴的適應著新的生活節奏，努力的練習課堂上老師教導的技巧，也積極的參與一些比賽活動，我隱約感覺到，某些我所不瞭解的東西，正在心裡慢慢成形。偶爾在街區遇到國小同學，聊起各自的國中生活，讓我很慶幸自己念的是美術班，因為那些術科課程成為我留白、喘息的美好時光。而經過兩個月的相處，在班上那種格格不入的感覺漸漸消退，我也開始和部分同學有些互動，但是校園一隅的幾隻黑冠麻鷺，還是我課餘療癒的好伙伴。

學期中的設計課，實習老師設計了一項作業——「那些住在古亭的生物」，我覺得非常有趣，第一個念頭便決定用鐵絲，折出一隻等比例大小的黑冠麻鷺框架，再填滿從校園內撿來的石頭、樹枝，然後把它放到校園裡黑冠麻鷺會出現的地方，期待牠們發現這個靜靜佇立在角落的同伴。計畫說來輕鬆，但折鐵絲時可真是費了我九牛二虎之力，好不容易才完成這件作品。我把鐵絲大笨鳥安置在涼亭旁，剛放置好，就發現一根本尊掉落的羽毛，我毫不猶豫就撿起來插在作品的頭上，看起來還真是有模有樣呢！老師幫我拍照時，忽然發現本尊就在一旁徘徊，若無其事的欣賞我的雕塑作品，整個過程十分有趣，真好奇那隻黑冠麻鷺看到我的作品時有何想法？隔天，我去放作品介紹和提醒的告示牌時，還發現一個不速之客——一隻紅綠燈蛾的幼蟲。牠大搖大擺的在我的作品臉上爬來爬去，看來，我的大笨鳥雕塑成功的融入大自然了！

　　陪伴，是最大的動力，而成長，就是勇敢的面對自己！被大家戲稱為大笨鳥的黑冠麻鷺，牠們或許不被理解，但牠們的存在，對剛上國中、深感疏離的我，卻是實實在在的陪伴。大笨鳥陪伴生性敏感的我，在綠樹成蔭的亭中校園，守靜，卻安然，沐浴著藍天和微風，踏實的學習與成長。轉眼，六分之一個國中生涯匆匆而過，每天，我在晨光熹微中搭上公車，忍受四十分鐘顛簸的車程到學校上課，暮靄沉沉時，緩緩地走向回家的路，雖然疲憊，但心情正如書包一般滿滿的充實。我覺得自己，在每天繁重的課業壓力下，慢慢的成長，我也期許自己，和班上同學一起，朝著夢想努力前進。

　　青春指向哪裡，我並不清楚，但我確信，我們將在成長的壓力下，擎起所有的未來！

散文組優選

雨　滴

陳奕璇

　　雨滴，細細的，綿綿的降臨在了這片大地上。它在行道樹上，洗淨了行道樹的疲憊；它在空氣中，滋潤了早晨的空氣；它也在窗戶上，喚醒了沈睡中的我。

　　「滴…答…滴…」清晨時分，鳥兒尚未開始牠們的晨喚，朝曦還在溫柔鄉中不肯起床。然而今天的雨滴卻特別的勤勞，在鳥兒高歌、太陽甦醒之前，便提前一步將我從夢中喚醒了。縱使雨滴們輕聲細語，還是被敏感的我發覺了。我從被窩中掙扎著爬起，戀戀不捨的下了床，踩著灰色的拖鞋一路走到了窗戶邊。我將頭往窗戶一湊，發現透明的它上，依附著好幾滴半透明的雨滴。我端詳著那些雨滴，不一會便發現每個雨滴的形狀有圓形、有橢圓形，大小不一，甚是有趣。

　　當我正想要「挖掘」更多雨滴的小秘密時，卻瞥見了書桌上的行事曆：生物 U9、公民 U8 和 U7、數學非選 73 頁到 78 頁、英文第四冊、自然 3800（應用題彙編）第六回，我嘆了口氣，理解今天又是另外個忙碌的一天。記得小時候曾經和媽媽一起看《甄嬛傳》，裡面的嬪妃或是皇上不論說了什麼，戲劇裡面的宮女都會馬上說聲：「奴婢知道了。」此時的行事曆是嚴屬的君王，而我則是卑微的小宮女，遵守著行事曆上面命令的一切。

　　十分不捨的，我將目光抽離雨滴們；萬分不願意的，我

乖巧的坐在書桌前，提起黑色原子筆便開始「刷刷刷」的寫字，我像極了一台機器。機器是沒有感情，也沒有童心的。我不是不願意忤逆行事曆，而是知道自己長大了，必須為自己的學業負責了。成長的過程中，總有些事情會泯滅我們的童心。雨滴的滴答聲，成了時鐘冷酷的滴答聲。「滴答…滴答」，真是個無趣的下雨天。

　　小時候的下雨天可不一樣，那時的下雨天可有趣了！兒時的我，總是會為車窗上那些有緣相見的雨滴們舉辦一場跑步比賽。這項跑步比賽，分為個人賽以及團體賽。個人賽的部分，哪個雨滴滑行的速度最快，便能夠被冠上「飛毛腿雨滴」的稱號，是雨滴界的一大殊榮。而團體賽的部分，則是考核著哪些雨滴能夠和他人合作，團結融合成另外一顆更大的雨滴。身為遊戲創始人，又兼裁判的我，其實並不公正。我總是會有偏袒的雨滴，並且偷偷的為它們加油打氣。小時候的下雨天，便是這般度過的。我，跟雨滴們，簡單的小遊戲、單純的小世界，卻響徹著洪鐘般的笑聲。真是個天真的下雨天。

　　兒時和雨滴的小世界似乎過於美好，不大適合已經長大的我。於是我緩緩關上了回憶那扇美麗、溫暖的窗，把頭轉回了眼前冷漠的世界。有時候，雨天的藍很哀愁，可是卻很美麗。此時雨天也是藍色的，可是卻是片死寂的藍，既憂愁又空洞。

　　我拿出生物講義，一邊托著腮，一邊翻開生物講義。生物第九單元：「生物與環境」。講義中白紙黑字的寫道：「演替：群集中的物種組成因為時間或環境而產生改變，造成群

豐穗
——古亭青年文藝獎十一週年精華集——

集外貌上的變化。」生物與他成長的環境有著很大的關係：
一個舒適的環境很可能造就一個安逸的個體，而一個殘酷的
環境則可能孕育出一個冷淡的個體。當我們不自覺的長大時，
我們的外貌會有明顯的變化，然而心境上的變化卻是不易被
看見的。往腦中強塞那些生物知識的同時，我思考著成長是
否帶給了我什麼改變。眼睛稍微變大顆了一些？臉頰在青春
期更為圓潤了？對於表面上的變化，我並沒有太大的興趣，
畢竟任何人只要稍微觀察，都能夠發現這些改變。然而，心
境上的變化卻不是旁人能夠輕易看出的。回憶的窗口再次被
開啟了。

　　童年回憶裡的我，拿著一把浮誇的蕾絲雨傘，站在雨中
感受雨滴落在雨傘上的聲音，雨滴們是一個合唱團。質量殊
異的雨滴，體積不一的雨滴，在雨和傘面接觸的剎那，會在
聲音上有細微的差異。有時候，雨滴的「滴」頻率高了一些，
我便將它分類在合唱團的第一部中，負責高亢的主旋律；有
時候，雨滴的「答」低沉了些，於是我便將它歸類為第三部，
負責沉穩的伴奏。雨滴們是歌唱家，而我則是指揮家，我們
一起在雨天開了一場洋溢著童心的音樂會。

　　長大後的我，喜歡沐浴在雨滴的懷抱中，任憑雨滴浸濕
我的衣服，滑過我的臉頰。長大後的我，不再跟雨滴辦音樂
會，但是我們會一起舞動、一起狂歡。我時而像芭蕾舞者一
樣，踏著優雅的小碎步；時而又像爵士舞者一般，隨著雨滴
交織出的旋律，調整步伐的快與慢。慶幸的是，在時間的更
迭以及大環境的改變下，我的心境似乎沒有太大的改變，內
心深處依舊住著從前那個喜歡跟雨滴玩耍的小女孩。

雨滴的藍改變了，不像方才那般憂愁、空洞。藍色又美麗了起來，美麗中帶著豐富，因為兒時的我活在雨天中，長大後的我依舊活在同一個下雨天中。藍色的雨天，承載著一個曾經在成長過程中迷失的靈魂。我把注意力放回了生物講義以及那本對我下達命令的行事曆。他們或許在成長過程中，將我硬生生的與兒時種種美好分開，迫使著我面對現實，面對我已經長大了的現實。可是，如此的它們，卻因為使我了解到「成長」代表著為自己負責，而成為了另類滋養我的養分。長大了的我，或許會因為種種原因而無法和童年的自己一樣成天爛漫的過日子。但是，那顆爛漫的心卻可以永遠活在深層的我當中，是我的一部分，是不會泯滅的一部分。

　　雨滴不僅喚醒了熟睡的我，還喚醒了我心中沉睡的童年。

散文組優選

那給國旗「降半旗」的海盜船船長

顏子玦

「水手們！就位了！」威風凜凜的海盜船船長，手拿短劍朝著她的眾多名船員大喊，船員們收拾著船上的各種裝備，忙得焦頭爛額，有的啟動馬達、有的清理船艙，而船長則是得意的看著每一名船員忙裡忙外。

「啟航！全速前進！」在那又粗又長的旗杆下，只看到假扮海盜船船長的我，手插著腰，整個升旗台，成了我們這一群「小海盜」們揚帆探險的海盜船了。而抬頭仰望那隨風不斷擺盪的國旗，目光隨著旗杆望向湛藍的天空，整支旗杆彷彿真成了高聳的桅杆。剎那間，身為威武神勇的海盜船船長的我，真是巴不得立刻爬上旗杆，將上面的國旗一把扯下，換上「酷炫」無比的骷髏旗。於是，我真的開始動手，試著去解開綁在旗杆基座後面金屬釦環上的繩索。只是，萬萬沒有想到，那繩子竟綁得十分牢靠，我試了幾次，都無法將繩索鬆綁，於是，我只好邊呼喊著：「水手們！前進！」邊用力扯著那繩索打結的地方，經過不斷用力拉扯，繩子終於有些鬆脫了。

「暴風雨來了！快來！把旗子降下來！」幾個「小海盜」，也跟著上前來，要幫我把我們的「骷髏旗」（其實是國旗）給降下來。只是，因為繩索並沒有完全鬆脫，我們的「骷髏旗」只降了不到一半，所以，就只能變成了「降半旗」了！

在小小的升旗台上，隨著我的呼喝、命令聲，同學們意興昂揚。我們幻想著在尋寶的過程中，突遇暴風雨，於是海盜船會像條擱淺的鯨魚一樣，發了瘋似的上下擺動著。於是，我們便緊緊抓著升旗台旗杆下的水泥基座，不讓自己被甩出千里之外。而這樣的刺激感，讓我的心跳一如不斷加速的輪鼓般，心臟好像快從嘴裡被乾嘔出來似的。

「噹噹噹噹！」隨著上課鐘聲響起，這場烈風霪雨才戛然而止，原本我打算等下一節下課再來繼續我們的航海奇幻冒險。而正準備開心的回教室時，身後卻感受到了一股令人不安的氣息，就在我轉過身後，竟發現有一雙凶悍的眼睛正惡狠狠的瞪著我看，我立刻知道事情不妙！而當我再度轉身，卻發現原本跟在我旁邊的「船員」們竟然棄我這個「船長」於不顧，紛紛落荒而逃，只留下我一人獨自面對那雙凶狠的眼睛——前來「逮捕」我們的學長。

「妳好大的膽子！敢跑來降半旗！」於是，學長便強拉著我的手，把我帶到學務處。一到了學務處，當學務處的主任嚴肅的問我為什麼要玩升旗繩，把國旗給「降半旗」的時候，我卻還沒從我的「船長」夢境裡甦醒，一派天真的說：「因為我是海盜船船長啊！我要領導大家才行。」學務處的老師對我的天真感到好氣又好笑，只好耐心的為我解釋：為什麼不能玩國旗杆，更不可以「降半旗」！最後，他問清楚我的班級、姓名後，直接帶我回我們一年四班的教室。

假扮海盜船船長，把國旗「降半旗」的事件，當時因為我的年齡太小，獲得學務處的「不起訴」處分，但為了給我一點教訓，班導還是扣了當時我視若珍寶的乖寶寶點數。

　　想起童年的一些糗事，總讓我感到又彆扭又懷念。如今長大後的我，每每回顧起那兒時點點滴滴稚嫩、青澀的舉措，有時候甚至很想搭乘時光機，回到以前去阻止當時無知的我做下那樣的蠢事；但又挺感謝有那些有趣的事件發生，能夠點綴著我的童年，使它變得五彩斑斕。就比如有一次，我為了拿到一個玩具和哥哥在公共場合大打出手，弄得場面十分難看。又有一次，媽媽帶我到銀行辦事，碰巧遇到一位黑人客戶，我竟新奇地大聲嚷嚷：「快來看！那個人好黑好黑！」，要媽媽來看「巧克力人」！弄得整個銀行的人們哄堂大笑，而其中當然也包括那位笑開了一口雪亮的白牙的「巧克力人」。

　　再有一次，我們獲得教育盃圍棋錦標賽團體組第八名，頒獎會場，每人各自獲頒一座獎盃，但獎盃送回學校時，我不明白學校必須在朝會時，擇期由校長親自頒發給我們，硬是抱著獎盃不讓學務主任暫時保管，形成「師生拔河」的局面。而事後，為了早些拿到獎盃，我可以連續幾個禮拜，每天吆喝同學一起到學務處，站在學務處門口遠望還沒真正「到手」的獎盃。

　　還有、還有……，太多童年的糗事，如今回想起來，彷彿就像一場夢，令人感覺既真實卻又有幾分模糊、迷茫。令我感覺真實的是：它們一件一件，正如學校升旗台上，上演海盜船船長降半旗的事件一般，歷歷在目；而令我感到迷茫的是：以我現在的聰明、機伶，我無法想像自己竟可以幹出那一大堆的蠢事，而在當時竟一點也不覺得臉紅、害臊、不好意思呢！

也許，這就是所謂的「成長」吧！在生命的旅程中，我們總是難以評估過去的我，對於現在的我，具有何種意義與影響；我們也總是難以窺伺現在的我，對未來的我，將具有何種關鍵性的作用與效應。我只能隱約的意識到：正如那曾經給國旗「降半旗」的海盜船船長一樣，面對揚帆啓航的海盜船，我只有認真、認份地扮演好船長的角色，勇於承擔、負責，即使最後有可能被「出賣」，又或許，更有可能在事後為犯的錯、受的過，飽嚐苦果而彆扭、傷心、懊悔……。因此，無論是大庭廣眾下與哥哥大打一架；或者不知輕重與學務主任搶獎盃；又或是不顧「巧克力人」的體面，在眾人前直白的驚呼……，這些成長的點點滴滴，終究是我生命綺麗旅程中的斑斑腳印，值得我用一生，反覆品味、咀嚼……

小說組首獎

魔　貓

劉祐安

黛珂知道自己闖了大禍。

「現在是怎麼一回事？」喬伊看著在四人中間閃爍著藍色光芒的骷髏盒子，一旁的洛克感覺嚇得快要靈魂出竅：「嘿…我們還是趕快離開這裡吧……」洛克看著被摧毀得體無完膚的會客室，碎玻璃和木塊凌亂的散在地上。霍普上前踏了一步，前去查看那神秘的盒子，「霍普，你確定那是一個好主意嗎？」喬伊有些緊張的說，她可不想讓自己剛剛認識的男友就死在一個奇怪的盒子前。

「看了才知道吧？我們也不知道我們召喚了什麼。」霍普離盒子越來越近……越來越近……「什麼？！」霍普像是看到了這輩子最不想要的禮物一樣，露出嫌棄的表情還帶點失望。

「你看到了什麼？」喬伊走過去，往盒子看了一眼：「一隻貓？！」喬伊看著盒中熟睡的小貓。

「貓？」黛珂和洛克異口同聲的說，洛克從差點被嚇暈瞬間轉換成一臉疑惑的表情，「我嚇到心臟快跳出來，你跟我說裡頭只是一隻貓？」洛克有些生氣。

「這不是一隻普通的貓啊！洛克。」霍普回答，「這隻貓的毛色像是藍色的火焰般，而且牠還有兩隻角在頭上，額頭中間還有一個類似鐮刀的標誌。」

黛珂往盒中看了這隻貓，心裡大罵：「我父母一定會把我拖出去槍斃的！」

　　事情要從黛珂在學校的後山發現一件廢棄宅邸說起，她和她的好閨蜜喬伊決定一同去探險，也帶上了喬伊的男友霍普和他的好兄弟洛克。

　　「你們確定這是個好……好主意嗎？」洛克在剛踏進黑漆漆的森林裡不到五分鐘就已經嚇得發抖。十分鐘後洛克又說：「嘿……我……我覺得我們還……還是回去吧！」

　　「行啊！你可以現在立馬轉身走人。」喬伊笑著說，看著洛克回頭望向黑漆漆的森林，幾聲牲畜的叫聲就讓洛克魂不守舍，嚇得腿軟，又立馬跟上隊伍貼在黛珂旁邊：「喔！洛克！不要貼我那麼近好嗎？」黛珂把洛克推開，推到了拿著提燈的霍普旁，霍普只是疑惑的看著洛克幾眼，加快了腳步繼續往前走。過了不知道多久，黛珂四個人終於到達了那間宅邸，夜晚給這間宅邸添加了幾分陰森，霍普推開老舊的大門，門和地板摩擦發出「吱吱」的聲音，黑暗的長廊用回音迎接他們的到來。而洛克被那回音嚇得抱住了霍普，霍普一個手滑把提燈給摔碎了。

　　「我真是謝謝你啊！洛克。」霍普有些生氣，並從口袋拿出了打火機：「還好我有帶著打火機，看看裡面有沒有蠟燭之類的東西吧。」而一旁的洛克則是嚇得連一句話都不會說，只是支支吾吾的說不出任何一個字。

　　「這裡有一根蠟燭，還有底座。」黛珂撿起地上的蠟燭交給霍普，霍普接過並點燃它，微弱的光點亮了四人周邊的景物，一些精緻的雕塑擺在櫃子裡，但旁邊卻掛著非常劣質

豐穗
——
古亭青年文藝獎十一週年精華集
——

的油畫，四人都覺得詭異。

　　「這棟宅邸的主人，有錢買得起雕塑，卻買不起真品又或者是品質較好的贗品？」喬伊不解的問，「不過這些櫃子都鎖起來了，我們根本拿不了這些雕塑。」正當大家正在探索長廊的時候，黛珂指向了一間房間，那裡有微弱的月光灑落，「嘿，那裡好像有什麼東西。」

　　四人走進了那間房間，原來是一間寬敞的會客室，可地板的中央卻畫著詭異的法陣，跟眾人所熟悉的五芒星不一樣，是一個鐮刀的圖案，疊加了一個倒三角，法陣的中央還有一個刻著骷髏的盒子。

　　「這裡曾經進行過什麼儀式嗎？」霍普上前踏了一步，手上的蠟燭滴了一滴蠟在法陣上，突然法陣發出了藍色的光芒，整個房間天搖地動，中間的盒子開始飛速旋轉著，有一些東西開始被吸進盒子中，盒子發出刺眼的藍光，會客室的牆壁、物品一一被吸入盒中，其中被吸入的玻璃碎片割傷了黛珂，幾滴血液也被吸入盒中，忽然盒子從藍光變成了紅光，越轉越快……越轉越快……忽然一陣爆炸聲所有的東西都停了下來。

　　黛珂看著盒中的藍貓，非常驚恐的後退了幾步，霍普伸手想要碰觸那隻貓咪時，就像是被燙到了一樣：「噢！」霍普痛得大叫，喬伊也嘗試碰觸，也是一樣的結果，而洛克則是嚇得死都不敢碰。黛珂上前碰觸那隻藍貓，卻沒有被燙到，反而是摸到柔順好摸的毛。

　　「你沒有被燙到的感覺嗎？」喬伊驚訝的看著黛珂像是若無其事的摸著魔貓。

「沒有，完全沒有。」黛珂也很意外，自己居然沒有灼燒感，不過更讓她好奇的是：為什麼只有她自己沒有感覺？

「既然這樣，那就給你養嘍？」霍普狡猾的笑。

「什麼？！」黛珂大喊，她覺得她的人生會毀在霍普的這句話上。似乎是黛珂喊得太大聲了，打擾到這隻正在熟睡的魔貓，魔貓緩緩張開那淡紫色的眼睛，看著圍著牠的四個奇怪的人類，看到黛珂時突然眼睛一亮，跳進了黛珂懷裡，蹭著她的下巴。

「你看，牠也很喜歡你，不是嗎？」霍普笑得更欠揍了，要不是她現在抱著這隻貓，她早就給霍普一拳了。黛珂無奈的接下了養貓的工作，她沒想到自己在一夜之間成了貓奴，同時也思考著要如何把貓神不知鬼不覺的帶回家。

黛珂回到家時也已經是凌晨兩點左右了，她篤定父母絕對在睡覺，然而莫非定律總是在這種時候特別靈驗。

「你這麼晚了還不回家，你要讓你爹娘擔心死你嗎？你要是在外面發生了什麼，你媽媽我會被你急死的！……」黛珂就這樣被母親唸了半個鐘頭，但奇蹟的是父母允許黛珂在家養貓，這讓黛珂覺得又驚訝又奇怪。

經歷了一個晚上的探險，黛珂已經累得張不開眼睛了，她抱著魔貓直接躺進了舒服的被窩裡，睡著了。

黛珂就一路沉睡到天亮，「黛珂！下來吃早飯了！」黛珂繼續睡著，又過了五分鐘，媽媽叫得更大聲了：「黛珂！你今天要校慶表演！你可別遲到了！」當聽到媽媽說校慶表演的時候，黛珂整個人驚醒直接從床上跌落，一醒來的黛珂先是緊張的看了一下時間，但接下來更讓黛珂緊張的是：魔

貓不見了！黛珂整個人急了，匆匆忙忙的穿好制服，拿起書桌上的小提琴和書包，就快速的下樓，途中還差點摔倒，黛珂跑進餐廳質問媽媽：「媽！你有看到那隻怪貓嗎？」

「什麼怪貓？」媽媽疑惑的眼神讓黛珂覺得更詭異了。

「就是我昨天抱回來的貓咪啊！」黛珂解釋著昨天她進家門抱著的藍色貓咪，而媽媽卻對黛珂說：「貓咪？親愛的你肯定是累壞了，我昨天只看到你兩手空空交叉的放著。」媽媽的一番話讓黛珂可以震驚十萬年，她得出了結論：只有他們四個人看得到魔貓。

一到了學校，喬伊馬上衝來問貓咪的情況，黛珂把大家看不到貓咪的事情說給喬伊，「可是那隻魔貓現在不見了。」

「不見了？你什麼意思？」喬伊像是聽到了要學期測驗一樣，臉色大變。

「我昨天抱著牠一起睡著的，可是我醒來之後我就找不到牠了。」

「你整個家都找過了嗎？」

「找過了。完全沒有。」

正當黛珂和喬伊兩人在思考對策的時候，他們的主任走了過來，「兩位在這裡幹什麼呢？校慶表演要開始了，你們趕快去準備吧。」

「是的，靡莉主任。」兩人異口同聲的回答。

「喔，對了。希望黛珂小姐別搞砸了。」靡莉主任丟出了一句對黛珂來講諷刺滿點的話。每次校慶，黛珂的表演不是出意外就是有很嚴重的錯誤。

「感謝舞蹈社為我們帶來精彩的演出！接著歡迎音樂社

為我們帶來精彩的音樂——《一步之遙》！」

　　「加油！黛珂！我相信你可以做到的！」音樂老師對黛珂做出了精神喊話，但臉上的表情卻表現出是：「求求你不要再出任何差錯！」

　　「加油，夥計。相信你做得到。」喬伊在後臺給黛珂最後的鼓勵。

　　「我也很希望我可以做得到。」黛珂小聲的說著，走上了臺。幫她伴奏的同學也用緊張的眼神看著她，刺眼的燈光打在黛珂身上，忽然黛珂感覺到一股奇怪的暖流飛撲而來，黛珂不自覺的拿起了小提琴，下了第一個音，黛珂像是沒意識的拉起了前奏，伴奏默默的跟上，黛珂優雅的拉出了《一步之遙》，身體也神奇的跳了起來，邊拉著小提琴邊跳著優雅的舞蹈，彷彿在模仿《女人香》裡頭的片段，每一個腳步都像是踩在水上，輕巧又不失禮，小提琴拉起的聲色也讚不絕口，黛珂的表現讓在場的所有人都驚嘆的不得了，喬伊也瞪大雙眼看著臺上這位優雅的女子，當伴奏將鋼琴的最後一個高音彈下，黛珂結束了她的表演，現場一片安靜，黛珂整個人傻傻的站在舞臺中間，她現在感覺很奇怪，像是剛才在臺上表演的不是她自己，拍手聲響起，全部的人站起來為她拍手，黛珂鞠了一鞠躬，就匆匆走到後臺。

　　「黛珂，你剛剛的表演太精彩了！」喬伊激動的拍著手，直到看見黛珂的臉色，「你怎麼了？」

　　「我感覺剛剛站在臺上的那個人不是我。」黛珂內心很矛盾，她很開心她這次的表現很精彩，但卻又充滿著不安。

　　「你在說什麼？站在臺上的人是你啊！黛珂。」

「不！你不懂。那感覺像是身體自己動，而不是我想的。」

喬伊也不知道該怎麼說，於是決定轉移話題：「嘿，別想那麼多，你今天表現很好了，我們去吃個飯怎麼樣？」黛珂也沒多說什麼，就答應喬伊了。

黛珂和喬伊走出校門時，看見了坐在她們前面的那隻魔貓，牠乖巧的坐在那，似乎在等待她們一樣。

「你怎麼在這裡？」黛珂蹲下去，伸手摸著牠，在別人眼裡黛珂只是在摸空氣而已。

魔貓很興奮的跳來跳去，搖搖尾巴，感覺在告訴她們牠要獎勵一樣，「你也是來慶祝黛珂的表演嗎？」喬伊微笑的看著那隻貓。

晚上，黛珂躺在床上想著今天發生的事情，看著眼前的魔貓，可惜父母從來不參加她的任何一場校慶表演：「真希望父母能看到今天的表現，然後以我為榮。」就在那一刻，黛珂聽見了母親在樓下呼喊她的名字：「黛珂！」

「媽媽，怎麼了？」

「我們出去慶祝吧！」

「慶祝什麼？」黛珂疑惑的坐起來。

「你今天在臺上的表現啊！」

「媽，你從來沒參加過我的任何校慶的。」黛珂苦笑著。

「我有的！你的每一場校慶我都有參加，我以你為榮啊！」母親的話嚇到黛珂了，因為她的媽媽從來不會說出這種話，就算表面上很愛她，事實上她媽媽認為她是個沒出息的孩子。這一切都太詭異了，不是嗎？黛珂看著懷中的魔貓。

「不會是你做的吧？」

隔天，黛珂一如往常的踏進學校大門，只見很多同學都圍在廣場，「發生什麼事了？」黛珂擠過人群，眼前的一幕震驚了黛珂，她看到洛克眼睛睜大的躺在血泊中。

　　「他今天不知道怎麼的從三樓墜下。」一旁的同學說。

　　「黛珂！」喬伊呼喊著她的名字，把她拉到了一旁，黛珂還在為剛剛的場景震驚著，「那……那是什麼？」黛珂顫抖著聲音問著。

　　「我也不知道。」喬伊憂鬱的眼神告訴黛珂，她也很難過，而喬伊的下一句話更讓黛珂驚恐：「昨天，霍普出車禍了。現在在加護病房昏迷著。」

　　「兩位，你們麻煩大了。」靡莉主任走了過來，很嚴肅的看著她們，「跟我到辦公室。」

　　黛珂和喬伊很無辜的坐在靡莉主任的辦公桌前，靡莉主任則是有些生氣的看著她們倆，「你們是不是有去後山的宅邸？」

　　主任的問題震驚的讓兩人面面相覷，低頭答：「是。」

　　「難怪，我看昨天黛珂的表現在加上霍普的意外，讓我懷疑你們是不是有鬼。」主任嚴肅的盯著黛珂，接著又問：「黛珂，你除了許下不要失敗的願望還許了什麼願？」

　　「主任，我……」原本像反駁的黛珂，想起晚上她對魔貓說的：「我對那隻貓說：『希望父母能看的我的表現，而以我為榮』」只見主任嘆了一口氣，黛珂接著問：「主任，是不是我向魔貓許的每一個願都會成真？」

　　「沒錯，而代價則是一條人命。你們四個去召喚了牠，所以……」

　　「所以我們四個人代表四個願望。」喬伊臉色蒼白的回答。

「沒錯。當四個願望都完成後，那隻貓會自己消失。」主任無奈的看著兩人。

「主任，有什麼方法可以解決這件事？我們是無心召喚牠的！」黛珂緊張的問。

「許願。」主任似乎是想到什麼事一樣，憂鬱的看著牆上的掛畫，「許願要一切都沒發生，而許下願後，你們會有一個人從此消失，被遺忘。那隻貓是死神的貓啊。」主任轉頭看著兩人，「那需要很大的勇氣。兩位，我只能這麼說了。」說完主任就起身離開了辦公室。辦公室安靜了一陣子，而突然喬伊開口：「黛珂，我……」

「不！你不能！」喬伊看著淚流滿面的黛珂，「我不能讓你去做！是我的錯，我從來就不該把你們帶進什麼該死的宅邸裡面！」黛珂崩潰的發抖著。

喬伊握著黛珂的手，微笑的看著她：「黛珂，你比我優秀多了，我從小就是個不良少年，大家都不喜歡我，除了你，你是唯一願意和我當朋友的人。我喜歡你的熱情，你的才華。我要你繼續加油，你是一位人才，相信我，你將來能出人頭地的。」黛珂看著喬伊，她不能接受她的好朋友會在一天之內消失，且被眾人遺忘，正當黛珂想要反駁的時候，喬伊卻說了：「我希望這一切都沒發生過。」

「什麼？不！喬伊，不！」

「別搞砸了喔，黛珂。」一位同學在後臺熱情的對她說，但那人不是喬伊。

「你將來能出人頭地的。」這句話一直在黛珂的腦袋裡打轉，她走上了臺，深吸了一口氣，拿起小提琴，拉下了她的第一個音。

愛情的結局

馮品瑄

　　長長的隊伍，帶著數不清的財寶，走在斯巴達的街上，隊伍的最前方，是一個長相俊美的男人，從他的氣質不難看出他是這些財富的擁有者──雅典國王赫克特。路上的人們竊竊私語：

　　「這已經是第三次來訪了，陛下的意思已經很明顯了吧？」

　　雅典國王走進皇宮，穩重的向斯巴達國王說出此行的目的：「希望陛下可以准許鄙人迎娶令妹。」只見斯巴達國王達米安冷冷的看了他一眼，無奈的說道：「這已經是閣下第三次來訪了吧？」他緩緩的走向赫克特「我以為我的表達已經夠清楚了，沒想到閣下仍然再一次的來訪，實在令我感到驚訝。」

　　「雖然感到抱歉，不過我目前沒有讓舍妹出嫁的打算，閣下就死了這條心吧。」

　　赫克特面無表情騎著馬，走在回旅店的路上，想起父親離世前的種種交代：「你一定要和斯巴達聯姻，否則雅典隨時都有可能被那群野蠻人攻陷」

　　「可是陛下，那種事情只要簽條協定就能解決了吧？」

　　「這就是你無知的地方，那種野蠻人怎麼可能會信守諾言呢？只有和他們有聯姻關係，才能確保他們不會打過來。」

　　可是說比做容易，他已經失敗三次了，而這次，達米安說的非常直白，他的機會愈來愈渺茫。在愧疚及憤恨不斷交

錯下，那一剎那，他失去了理智「陛下！」他的副官叫道，可惜赫克特頭也不回地踏上回王宮的道路上。他決定，今天一定要和那驕傲的混蛋好好說清楚，打一架就更好了，他一定要知道他到底哪裡有問題，哪裡不配那個蠻族女人。

可惜的是，他並沒有獲得接見的機會，他可以從僕人發白的面容得知，斯巴達國王再也不想見到他，赫克特徹底絕望了，或許他永遠無法達成父親的期望，他焦慮的走動，希望冷靜下來思考下一步。他當然可以聯合周圍城邦壓制斯巴達，可惜，他非常不喜歡戰爭，他希望用最和平的方式換取雅典的安全，而非將戰場染成血色。可惜依父親的說法，斯巴達蠻橫無理，除了聯姻似乎別無他法……。

一個不注意，他來到了未曾見過的地方，這是一個極為美麗的庭院，修剪整齊的樹叢，排排站在走道的兩旁，而在走道的盡頭，是一大片平整的草皮，點綴著五顏六色的花朵，畫面是如此和諧美好，可惜的是，這一切都比不上那一群從遠方涼亭走過來嬉鬧的女孩們，尤其是站在最中間的那位少女，她的頭髮就像是用陽光染色般金黃，紫羅蘭色的眼睛像鑽石一般發亮，他是如此動人美麗，她的一顰一笑都深深吸引著赫克特的目光，一剎那，有個聲音自他的嘴中傳出：「真是阿芙蘿黛蒂女神的最高傑作……」

接著傳來的是女孩們的高聲尖叫，他們沒想過會有男人違背國王的命令到這裡來，反而是赫克特讚美的對象對他露出訝異的神情，而在她的臉上，赫克特看見了斯巴達國王的影子，他還來不及發出疑問，便立刻有了解答……

「公主殿下，我們快點離開這裡吧……」侍女焦急的將那名少女拉走，而少女頻頻回頭，除了她的學生兄弟，她沒有在這裡看過其他男人，她感到十分新奇，同時也對赫克特的目光

感到驚訝，她所不知道的是，赫克特已經對她萌生了愛意。

　　阿斯特雷亞公主——斯巴達國王達米安最重視的妹妹，其實不只達米安，全國人民都十分的擁戴她，因為她擁有她曾祖母——海倫的美貌，與海倫不同的是，她同時也十分聰明且善解人意，若你說：「世界上沒有最完美的人！」

　　我可以很清楚地告訴你：她一定是最接近完美的人。

　　夜深人靜之時，赫克特在床上翻來翻去，腦海裡迴盪著那名少女的背影，他終於理解為什麼達米安遲遲不肯將自己的妹妹嫁出去，她是如此完美，如此惹人愛憐，而赫克特只看過她一眼，就深深愛上了她，這是多麼輕浮的舉動呀！何況擋在他們中間的，是冷酷無情的斯巴達國王，他的樣子，完全符合赫克特所謂「斯巴達人」的形象——為了戰爭而生的冷血野蠻人，輕易奪走他珍視的妹妹，下場顯而易見。

　　赫克特能夠待在斯巴達的時間只剩五天，在那之後，見到她的機會有多少呢？說不定不會再見面了，也說不定，她會以「其他城邦的王后」再次出現在他眼前，想到這裡，赫克特的心似乎一陣悶痛，他無法接受她的笑顏屬於別人，這是什麼心情？

　　他失眠了，因為一個大膽的想法在他腦海中成形，而因愛昏頭的他決定立刻實行。當遠方的山中透出微微亮光，他在斯巴達戰士的打鬥聲中偷偷潛入斯巴達王宮，他再次來到那個花園，他在遠方的涼亭中撇見他尋覓的人。阿斯特雷亞正坐在涼亭下編著花環，像是金屬被磁鐵吸引，赫克特朝著涼亭走去。

　　不過，未等他走近，阿斯特雷亞就注意到他了，她深邃的眼睛凝視著赫克特

　　「你是昨天那個人嗎？」

豐穗——古亭青年文藝獎十一週年精華集——

「是的，我是來自雅典的赫克特，很榮幸能夠見到傳聞中的公主殿下。」

「雅典人……你是跟著那個雅典國王來的嗎？」

「這個嗎？可以算是。」

「雅典那個國王還沒死心阿？他已經來第三次了」

「我想，那可能是因為殿下太吸引人了。」

「不，並不是因為這個，」她說道，眼神裡充滿著不悅「我不需要阿諛奉承來混淆我的想法，誰都看得出來他是為了自身利益而提親的。」

「公主殿下難道不相信愛情嗎？」

「沒有人會愛上一個沒見過面的人。」

「雅典國王見過妳，妳不知道嗎？」

「我不知道，」阿斯特雷亞似乎一點也不在乎這件事「可是我的兄長不喜歡他，他常說那個雅典國王太老了……」

「那麼殿下喜歡雅典國王嗎？」

「我又沒見過他，該怎麼對他做出評斷？」

「那麼殿下喜歡我嗎？」

「你？」阿斯特雷亞歪著頭想了想，微笑著對他說道：「你是個好人。」

雖然不是預料中的答案，可是這個回答使赫克特愉悅了一整天。

戀愛中的人往往是沒有理智的，事實上，穩重的雅典國王連續兩天偷偷溜進斯巴達王宮，只為了看斯巴達公主微笑就是個經典的例子。公主對這個奇怪的雅典人感到非常好奇，畢竟這是她第一次和兄長以外的男人交談，不知為何，她對這個雅典人有著不一樣的感情，和她對兄長的感情十分不同。

「該不會就是書上說的『戀愛』吧？」阿斯特雷亞心想，

她沒遇過這種事情。

　　赫克特情緒有些起伏，他一想到自己後天就要離開斯巴達就感到痛苦。他被愛情洗腦成不知思考的小孩，腦中充滿無限美好的幻想，幻想著各式各樣把阿斯特雷亞帶走的方法，可惜他的理性沒有完全死去，總在許許多多美好中挑出不可能的部分，他有些惱火，只可惜無能為力。他的副官看主人如此悶悶不樂，不禁問道：

　　「主人有什麼煩心之事嗎？」

　　「我問你，今天想要達成一個目標，也想到了許多方法，你會怎麼做？」

　　「當然是立刻實行啦！」

　　「若方法都不可能呢？」

　　「沒做過怎麼知道嘛。何況雅典娜女神不是總鼓勵英雄去實行不可能之事嗎？」

　　這樣一句話點醒了赫克特，他決定冒險。

　　今天的斯巴達公主也依然期待著那個雅典人地來到，當她看到那個雅典人神色凝重地走向她，她敏銳的第六感告訴她有什麼大事就要發生了。

　　「怎麼了嗎？」

　　「公主殿下，妳曾愛過人嗎？」

　　阿斯特雷亞的臉頰泛出微微的紅暈。

　　「我……我……我沒有這方面相關的經驗……」

　　「那麼殿下，如果我說我深深愛上妳了，妳願意相信嗎？」

　　阿斯特雷亞的臉龐更紅了。

　　「你只是一個僕人罷了，你沒有資格愛上我，把你的愛藏在心底吧，說出來會要你的命呢！」

「公主殿下，我無法對妳隱瞞我是雅典國王的事實……」

阿斯特雷亞的血色一瞬間自臉上退去。

「雅典國王？」她喃喃說道「你怎麼證明？」

赫克特拿出一把老舊的劍，說道：「這是雅典王族代代傳承的劍，縱使已經老舊，可是只有雅典國王才能拿起它。」

阿斯特雷亞一臉驚恐，望著劍柄上刻著的「愛琴斯」三個字。

「親愛的公主殿下，如果妳相信我，如果妳相信我句句屬實，那麼到碼頭來吧，明天清晨，雅典的船會朝家鄉開去，求求你，不要懷疑我的愛。」

今天的斯巴達公主，心思亂如緊緊交纏的線團，愈理愈亂。

「你們知道上次闖進花園的那個男人是誰嗎？」阿斯特雷亞望著手上那匹上好的布料，說道。

「那個金髮的男人？」她的仕女說道：「聽說是雅典的國王。」

沒有人看到阿斯特雷亞的手揪了一下。

「雅典國王？」

「是啊，聽美蒂亞說的，她在雅典國王第一次來的時候，是負責端菜的，她說那個雅典國王一點也沒有比陛下大多少的感覺，上次殿下也有看到吧？他長得真帥呀……」

沒有人看到阿斯特雷亞的臉色凝重。

「怎麼了嗎？」

達米安問他的妹妹。

現在是晚餐時間，阿斯特雷亞公主卻沒有食慾。

「哥哥，雅典國王是個怎麼樣的人？」

「問這個做什麼？」斯巴達國王一臉厭惡的說：「他就

是個傲慢自大的傢伙，還有點無理，我告訴過你拒絕他的原因了吧？」

「是的，」公主神色哀傷的回答：「可是，哥哥，我覺得自己很有可能愛上他了……」

達米安瞪大雙眼。

「妳不可能愛上沒見過的人。」

「可是我見過他。」

達米安神情憤怒

「什麼時候？」

「他上次來的時候。」

「我不要妳嫁給他」斯巴達國王站起來大喊：「他是為了利益來的，我告訴過妳了！雅典愈來愈強大了，妳難道要讓他為所欲為嗎？」

「他愛我！我很確定！」斯巴達公主激動的叫道：「他可能真的曾經是為了利益來的，可是他現在是愛我的，那麼他多少會留給我——我的故鄉一點面子。」

「雅典的女人只是男人的附屬品，妳在哪裡根本沒有任何權利，阿斯特雷亞，我是為了妳好，我不希望妳犧牲自己，只為一個愛情的藉口。」

「……」阿斯特雷亞低著頭，淚痕劃過她的臉龐：「你根本不懂。」

她離開了，留下一臉錯愕的國王。

雅典的船準時啟航了，斯巴達國王站在城牆上目送他們離開，一名僕人走了進來。

「國王陛下，公主尚未用早餐。」

國王嘆了口氣。

「就讓她靜一靜吧……」

他在考慮和妹妹道歉。

可惜他短期內不會再見到她了。

因為前往雅典的船上多了一個人。

因為他的王宮裡少了一個人。

他什麼時候會發現呢？

大概是公主的仕女大聲尖叫，臉色蒼白地報告國王公主不見時。

距離斯巴達向雅典宣戰，也過了五年了。

一開始，雅典海軍很努力地想把戰場限制在對自己有利的地方——愛琴海上，可惜斯巴達軍隊仍在三年後登陸雅典的土地，斯巴達的陸軍是強悍的，雅典陸軍很勉強的抵擋了兩年，仍無法改變命運。

斯巴達軍隊已經殺到王宮外了。

曾經的斯巴達公主、現在的雅典王后站在城牆上眺望著她五年不見的哥哥，她很後悔當初衝動的決定，她認為只要和哥哥好好談談就好了。

可惜她的丈夫不這麼覺得。

她的丈夫為了她，不惜打了五年的戰爭，有多少人為此付出性命了呢？她不敢想。

「聽說要和談了。」

「咱們國王提出的吧？真不知道為了個女人付出這麼多有什麼回報。」

阿斯特雷亞總是聽到僕傭的竊竊私語。

是的，赫克特去和達米安談和了。

達米安不會接受除了歸還他妹妹之外的提議。

赫克特不會接受歸還他愛人的提議。

談和失敗。

戰爭什麼時候結束？

達米安下一次見到赫克特是在戰場上。

「我妹妹在哪裡？」達米安的語氣非常冷酷

「我不會告訴你的，」赫克特回答：「你根本不在乎你妹妹的想法，成為你妹妹真是最痛苦的事。」

「說的好像你多在乎她一樣。」達米安冷笑道，舉起他的劍，一劍刺向雅典國王。

這場決鬥決定這場戰爭的勝利者。

每個人都屏氣凝神的看著。

包括雅典王后。

阿斯特雷亞站在雅典的城牆上，她看著她的兄長和她的愛人廝殺……

她看著她的兄長刺穿她丈夫的喉嚨。

頓時，天旋地轉。

她望向地上的匕首。

她覺得一切都沒意義了。

斯巴達國王不在乎勝利，他只專注於打聽他妹妹的下落。

終於，他找到了。

可惜，他太遲了。

雅典王后倒在血泊中。

他忍不住摸了摸妹妹的臉龐。

上面滿是淚珠。

仍然是溫熱的。

斯巴達國王在沒人看得到的地方落下眼淚。

夕陽照在斯巴達公主美麗的面容上。

可惜她再也不會微笑了。

真希望每個刻骨銘心的愛情都能有結局。

各項文學競賽
優勝作品精選

水族箱

羅椿筳

在夢境深處緩緩發亮
一只典雅的魔法盒
劇本的精華　潺潺
舞動的思緒
飾演　魚之化身
柔和的　時間為它們上色

隔著　一堵透明的陌生
我注視著
屬於另一個世界的故事

聽他們講述
角色　繽紛著
模擬海豚的熱情
效仿鯨魚的沉穩
向鯊魚商借而來的霸氣
卻始終尋覓不到
珊瑚礁所蘊載的深情

在缸口的水面上
我划著夢想的獨木舟
小心等待著
深怕驚擾
如幻一般的傳說

一隻隻的青春　悠游
一尾尾的希望　躍起
瞬間的燦爛　稀薄了空氣
你以曼妙身姿
喚醒真理的那一刻　落下
激盪的浪花
會是我夢寐以求的感動？

印表機

梁舒婷

（列印）
從螢幕　到紙張
經歷的過程
文字的吸引
圖形的變化
印出一張
友誼的怡悅

（卡紙）
途中的曲折
紙張　厚度的差距
訴說了怨恨
重疊無數張
想和解的夢　碎裂
崩壞的友誼
傷痕的累積
羈絆　到此結束

（重印）
找出錯誤點
形成完美的作品
按下列印
回歸歡樂時光
期待的心情
困惑的態度
顯露在　慌恐的我

門

曾詩穎

二月三日，豪雨，攝氏十八度。

一聲尖銳的嘶吼劃破了整間屋子的冷漠與淒涼。

那是一種震撼，像是把一隻沉睡在深淵裡的小貓，一棒打醒。

平常回到家，讀讀書，把學校的事物妥善處理好後，便看看電視，關心社會時事，抑或用社交軟體與朋友聊天談心，等爸媽拖著疲累的身子回來，我便與他們一同去外頭吃飯，順便和他們分享今天所發生的趣事。如此過著平凡而幸福日子。每每睡覺前，我總會用電腦播著西洋樂曲，有時想來點懷舊風，便播著六零、七零年代的老歌，當鄧麗君的歌聲穿過我的房門，優雅的來到爸媽的房間時，便會聽到爸爸粗啞的嗓音搭配著媽媽溫順的歌聲，再夾雜著一絲鄧麗君的味道輕飄飄地傳回我的床頭。多麼簡單卻快樂的生活。

但所有的溫暖與美好，在一次不堪的分數中，悄然逝去，門，關了起來。

三個月前，當我拿到段考成績，我是如此驚訝，不可思議，彷彿被世界拋棄般，這不在我的預測之內。我惶恐、心慌、害怕，這是第一次，我無法自拔，在難以接受的數字中徘徊，找不到出口，分數把我緊緊的繫著，繫著我的心，繫著我的世界。從此，房間是我唯一的王國，書是我唯一的朋友，而

那扇門，是我和世界唯一的通道。而我封閉了這個通道。

　　往後的日子，我便在沒有溫度的房間內，獨自聞著書香，自己與自己對話，只有僅剩不多的希望勉強支撐著我，度過這漫漫的歲月。

　　我不說話了，也不知道要說什麼，所有的一切，我都選擇沉默。

　　「你今天在學校如何？」她總會問。「沒什麼就那樣。」我的經典台詞。「要不要吃麵？」她總會問。「隨便都行」我的台詞依舊簡短而平淡，像是一臺沒有情感的自動答覆機，對於所有的情緒一概不理，一切都是些沒有感情的對話。

　　關門，讀書去。我們之間隔著一扇門，如此之遙遠。

　　我努力、認真、拼命，花開花謝秋去冬來，所有的大好美景，在我眼底盡是些空白的廢紙，算數學吧，它們都剛好給我當計算紙。

　　「今天晚餐吃燴飯好嗎？」「都行。」「那明天便當要吃什麼？」「隨便。」「今天在學校還好嗎？」「沒事。」我意識到我得去做一件很重要的事——關門。

　　關上門，關上我的心，關上隔閡，關上我與世界的唯一聯繫。

　　我們是家人，如此的熟悉卻又如此的陌生。

　　窗戶霧濛濛的，天氣冷颼颼的，春天的氣息我一點都感受不到，像是孤立在茫茫大海中的一座小島，而小島的周圍建起了誰也攻破不了的城牆⋯⋯。

　　「碰！」一聲巨大的聲響。門被踢開。

　　「你夠了沒！」一聲可以震垮高樓大廈的嘶吼，從我的

耳朵硬生生地穿入。我看著媽媽，她那飽經風霜的眼睛充滿著無奈與悲傷，而那些情緒轉成了憤怒，在這一刹那爆發。激動的情緒瀰漫整個家，瀰漫整座牆，牆上的裂痕似乎也代表著我與母親之間的裂縫。我依然保持沉默。

「這是不是一個家庭啊！不要把這裡當飯店好嗎？一回家就只知道躲房間，問你什麼都不講，現在是怎樣？你注意一下你的態度哦！不要一天到晚讀書連最基本對父母的態度都搞不清楚！要這樣請你離開！不要給我住在這裡！」

刺耳的斥罵聲一波又一波的攻入我毫無防備的頭腦，我什麼都聽不見，也什麼都不想聽，眼裡流露出的是一絲絲的不知所措。「碰！」門又被關了起來。

外面下著雨，滴滴答答，呆呆的，我望著遠方，人生好難，好難……漸漸地，所有的往事如海水般波濤洶湧的湧進我疲憊的身軀、腦袋。我想起了鄧麗君的歌聲，想起了媽媽親切的問候聲，想起了想起了我的冷漠，想起了這個家。或許我錯了。以為關上門之後可以變得更好，可以不被打擾，但我卻忘了離我最近的家人，他們是如此的想要親近我，是我把自己隔絕於外界，被分數折磨得忘了我想要的生活，忘了這個世界原來那麼美好，說到底，不願面對現實的只有自己。

眼淚滑過我已經脹紅的臉頰，滴落在學校潔白的制服上，眼前一片模糊，腦袋一片空白，我躺在床上，昏昏沉沉迷迷糊糊，冷冷清清的房間裡，我望著朦朧的窗戶。

夜晚，大雨不停，洗淨了城市中所有悲傷複雜的情緒，洗滌了所有快被吞噬淹沒的人心。我們都要面對未來，都得面對會考，在這三年的悠悠日子裡，碰到的事情大大小小，

如何從挫折中再一次站起來，如何在黑暗的深淵中找到一支蠟燭，指引我們往光明的未來走去，是我們勢必要學會的課題。就算是深淵，也有深淵的美。而對我來說，那些都是我的過去，從來就不羞恥。在人生這條充滿著玫瑰花的路上，只有被玫瑰刺傷，仍然願意努力不懈的往前的人，才有可能往更加美好的方向走去。

　　彷彿想通了什麼，原本束縛著我的繩索，似乎慢慢的在這個夜晚中一層一層地解開。一陣濃厚的睡意襲來，睡吧！但願這一睡，起來又是新的一天。

　　陽光普照的早晨，窗簾被拉開，幾隻鳥兒停在我的窗戶，啾啾的唱著歌，輕快的揮著翅膀，一窺房間裡的動靜，光線打在泛黃又帶有歲月痕跡的牆壁上，我把門打開，門打開了我。深呼吸，吐氣。

　　「吃早餐吧！要吃什麼？」「火腿蛋土司，不要加番茄醬！」微笑，我深深的看著世界，看著如水的藍天、如煙的白雲，然後，我感覺到了，世界也深深的望著我。

　　開門關門，人與人可以熟悉，也可以冷漠；心門可以封閉，也可以敞開。

　　二月四號，陽光普照，攝氏二十一度，門被打開了。

2017 長庚生物科技感恩創作活動國中新詩組第三名
地球悲歌

黃淑琪

我是一片汪洋的大海
自古以來我都是穿上藍藍的洋裝
最近發現洋裝點綴五彩繽紛的亮片
這不是天神給我的彩裝
而是人類給我的寶特瓶

我是一片翠綠的森林
大口大口的呼吸自由自在
最近發現鼻孔骯髒呼吸困難
這不是天神給我的薰香
而是人類給我的廢煙

我是一條蜿蜒的小河
住滿了河蟹魚蝦
最近發現他們搬家了
不是天神趕走他們的
而是人類汙水造成的

我是綿亙萬里的大地
孕育了萬億生靈
最近發現我的身體坑坑洞洞慘不忍睹
唉……
不孝的人類兒女
可曾想過母親的悲哀嗎？

尋詩列車

李芷葳

列車駛過田野
金黃的麥穗向我揮手
我便悄悄把稻香帶走
記下那片遼闊
列車爬過山坡
繽紛的野花向我微笑
我便悄悄把芬芳帶走
記下那叢清秀

光影的偶合
勾勒浮雲的奇遇
風卻倏然抹煞
徒勞向天幕搜尋
僅留住幾縷殘餘
斷線的記憶

隧道是心路的牢房
黑暗與時間
以凝滯折騰燃油
思緒狂亂如野馬
衝撞軌道的寂寞
咆哮對光點的渴望

漁火燦如天星
捎來塵囂外的信息
潮水激昂的節奏
一波又一波
喚醒了晨曦
我帶著農莊，市鎮，山巒，海洋
採集未知的際遇
從下一站

淚的痕跡——
倒影中的柱狀玄武岩

羅椿筳

喔，是泰戈爾之思，無邊
銀藍色的海
喔，是辛波絲卡之詩，無際
銀藍色的天
一條線，海平面
好長好長，隔　　開
在我腳底下，
是天或是海？

魚群全都飛在天際
我聽到整片地，寧靜
直到，熔岩冷了心
孤獨凝固了寂寞
一行一行，塑成了形
年代流下的詩句

鳥群全都游在海裡
我聽到整片地，氣息
淚水的跫音
與石痕間　共鳴
一行一行，塑成了形

風化後的詩句
是天或是海？

《北市青年》第廿五屆金筆獎國中新詩組第一名

規　則

高暐婑

主詞：
為何我總要站在前方，
為後頭阻擋風雨？

動詞：
為何主詞總搶我風頭？
明明少我就不成句！

受詞：
為何我得默默承受，
沒有拒絕的權利？

形容詞：
為何我每天當跑腿，
只為形容人或物！

副詞：
為何我只能當副手，
跟隨別人的腳步？

滿腹委屈
只為遵守規則

煮　詩

羅椿筵

把當令的思緒切絲
心情剝削成塊
搗磨一點點退思
試圖以完美的比例
加油添醋

倒入 1/2 杯異想天開
一茶匙，投入地
出神
我用小火，煎熬
過，還是煎熬
蒸扎了一壺詞彙
鬱悶出半個世紀的風味

味道的輪廓，模糊的
攪拌逆時鐘的漩渦
味蕾篩濾出每一個字句
一杓餘韻
在舌尖嘗試出畫面的履印

燉了滿鍋的故事
最後請讓我，再撒上
些許的星輝
提味

詩的可能

李芷葳

白晝的煙火
在沉默已久的大地　迸發
燦爛街巷的
陽光是絕佳的底色
一頁鮮綠的信箋
點點繽紛寫著
來自春天　我想
自己是否也有
像花的可能

潮水撿拾一片片
嬉戲的印記
收藏在澎湃中
雕琢岩礁的細膩獨白
等待遙自月球的叩問
夏艷浸沒腳踝　我想
自己是否也有
像海的可能

老樹畫下換季的輪廓
時光再度捲起
陣陣撲向臉龐
蕭颯的風　我想
自己是否也有
從枯枝萃出　涓滴的歲華
望穿夜色流入溪水的
一縷幽思
在寒冬中緊握
筆管的溫熱
像詩人的可能

如果　睏

王怡婷

如果　睏
摺起手腕
撐住夢的重量

如果　睏
打個哈欠
讓意識溜出眼眶

如果　睏
點頭回應夢的呼喚
直到
朦朧的眼神　抓不住光

夢　如果
打包不少時間
足跡留下
片片花紅
睜不開的雙眸
是休憩的蝶還未離去

如果　睏
記得先墊個枕
免得夢太沉
壓垮
意識的高牆

第八屆新北市文學獎青春組散文佳作

沉穩的悸動

李芷萱

　　天色灰沉沉，雨勢稍微減弱了些，但冰冷的氛圍還是令人幾近窒息。計時器響第一聲，腰間繫了箭袋，使兩個大跨步閃過泥淖，我走向發射線，等待第二次鈴響出聲。俯視搭架在弓弦的箭，平滑的羽片沾點了雨珠，經我檢視過，三片轉向正確的角度，準備好散出蓄勢待發的銳氣——即便我的肩膀早就被什麼東西壓得無知無覺。

　　一般運動的競賽場館，全場觀眾拚命吶喊，回聲震耳欲聾，彷彿將巨型電子看板炸碎，狂烈的喧叫陪襯每個驚呼、亢奮，競爭勝利的分分秒秒，身子往往拒絕貼上椅子。相較之下，身為一個射箭選手，我想射箭不算是熱血的競賽吧——遼闊的場地，儘管比賽場合絕非這樣滾滾欲沸，緊張在屏氣之中卻仍熾然全場，熊熊燃燒。宏亮的鈴聲一飛衝天，彷彿人們聲帶的開關，一聲剎那切斷了所有音源，剩下風兒隨性呼嘯天地。發射線的世界平靜卻震撼，射手定睛在靶心，傲氣略略顯現在專注的面色，側身對著箭靶，非是身在這回戰事，恐怕難以揣摩盡致。冷靜的聽候風向，身旁一派寂靜，觀眾將這一刻的希望灌注在場，歡聲包覆在鼻息內，屏息期待箭支的落點，任興奮隨遞減的讀秒橫衝直撞。

　　戶外比賽有不少外力的干涉。從引弓到放箭，儘管一陣微風也值得比擬波濤，需出使更精湛的瞄準技巧，觀測鯉魚旗揚起的角度，抓緊適切時刻出手，提高戒備。穩定以無懼

研磨意志隨時作戰,破風而出。之於細長的箭,即使時速驚人,箭身重量配置多勻稱,也難免不受侵擾,但若用上長年堆砌的心牆,抵擋環境的無稽伺候,不成難事。是能真的將其吹垮,莫非刺骨的寒流,或是地動天搖的巨風吧!天氣就是變化莫測,一整天度過,狼狽不堪早不以為意了,就連青天當空也有美中不足之地,過度刺眼的光芒著實發起不少困擾:金屬製的準星因大量反射光線失去功能,弓身是鐵製的,會迅速吸收日光而炙熱肌膚……甚至將靶紙全盤融蝕,偌大的光點綻放光芒,恣意啃食靶紙表面,眼前的目標就這麼被陽光藏了起來,撞見類似情形,無奈的也只能自恃經驗臨場反應,畢竟天氣這種外在因子,不能奢望總是隨心所欲。

　　第二次計時器響起,發射鈴尖聲長鳴,就算混入雨中依然清晰。一股凜冽襲上後背,我設法讓淋濕的弓減少點水滴,瞥一眼風向便順勢抬起弓,撐開,從呼吸的頻率尋找流暢,冰涼的弓弦經眼前吻上嘴唇;左手臂微微的向內轉,朝前挺直,砥礪弓身的重量,將它推向靶心;後手扣著弦,空間被重力使得扭曲,磅礴的力量向背部延伸——心跳聲隨之漸弱,水滴灑上睫毛,透明的輪廓一圈圈映入眼瞼,視線從環狀交疊的縫隙穿過準星,凝望著幾尺外,箭靶儼然一簇聖光,一眨眼就會消失不見似的。此刻寧靜顯得心跳微不足道,專注奪目旋出,朝往十分圈的黃心,深遠的奔向弓箭沙場,瞬間雙臂支撐起彼岸目標的志氣,身軀一縱一橫,畫成穩固的十字,呼吸停止了,沉著伴隨堅定一體成型,佇立在射箭場,呈現在濛濛絲線間,交織在開弓的片段。直到,夾箭片敲擊剛硬的弓身,鬼魅的音調微弱又閃亮,除了本身是無法察覺,寂靜在轉瞬間被細細刮破——迷你的鐵片輕彈一聲,接著弓

豐穗
——古亭青年文藝獎十一週年精華集——

弦猛烈的震動，箭靶從遠處傳回扎實的低吼，鬆弛的弓受了彈勁倏然倒向前方，兩支弓臂在空中導出個半圓，再旋回原來的地方。期間唯獨雙眸不曾游移的，盯著靶、盯著箭，盯著箭飛行的軌跡，最後向我回報分數。

　　過程極短，一支箭的十秒鐘，就足夠詮釋我衷愛射箭的感動。一切對我如戲般莊重：須臾間拉開弓弦，好似我的心思也同時在一格格觀賞這齣短片，動作的意象晉升到肢體展現，每段細節終究盡心盡力，放出箭矢後也深刻自省，反覆的動作下，箭一支又一支射出，融貫身心協調及環境適應，才得以化為一部精裝傑作。箭支昂揚天際刺上終點，不只求動作精練、實況天時地利，教練說：「拉弓前吐一口氣，吐出淤積的雜念，吐出猶疑困頓，留下純清的思緒，動作就會簡潔有力。」忐忑恍若心智產出的病原體，迫使心血揮發，從自信炸裂的間隙消散殆盡。灰澀的心緒不再有靶心的黃、鬥志的艷，只消沉絕望和苛責，有些時候握著弓，我不禁臆測起我的對手究竟存在何處，和我一起與風抗衡的選手們？又或入侵身體暗處的顫抖，這坦然像一場心理戰。

　　一支箭的旅程，騰空馳跑，汲汲競速，乘風緊繫著圈環的命運，論勝利、論過失，拉弓……放箭……，最深永恆的悸動，是從開始學習射箭那天，還是計時器響起那刻，記憶在跳躍的數字，記憶在定格的動作，一一填滿，站上發射線的時光。當烏雲纏鬥出更多的雨水，意外的，燦爛讓我的心情正無與倫比的晴朗。

　　時間滴滴流逝，計時已經走了一半，搖著風，沾濕的草兒略小擺動，我看到箭離開我手中，躍身竄向空蕩的大雨，水滴陸續延著眉梢落下，我隱約聽見隔在我們之間水花傳回那波低音，在視線上一圈一圈的剪影中，會迴盪整個下午。

鉛　筆

楊雅筑

碳色的尖端
停留在　紙上
戳破了
靈感
開始　一筆一劃地湧出

第卅七屆全球華文學生文學獎國中新詩組第二名

三點一刻的奇想

秦楠淳

細磨一瓢冥想
沸騰一壺思緒
填滿在參透的濾紙上
讓鵝頸壺細緻的傾注思念
讓時間悶蒸萃取
靈感的香味
纏繞著覺悟的苦想
也許
甜言蜜語的砂糖攪和
空虛幻影的奶泡覆蓋
輕輕為宇宙按下暫停鍵
享受那一刻的永恆
在滿溢著愛戀的瓷杯中
在那午後
啜飲是必須的

殘破飛行地圖上的極光——
記凍頂山上迷航的蛇目皇蛾

顏子玞

為何迫降在那一叢青綠的茶樹間？
是不是因為妳缺角的飛行地圖
不經意遺落了至為重要的飛航路線？

深夜，靜謐的凍頂山上
蠡斯正啓動唧唧的動力引擎
為極力重新啓航的妳激昂的　配音
而此時明月當空、天朗氣清
沒有霧氣的盛夏正好適合飛行

於是，妳撲哧撲哧地賣力拍動
那一如部落民族圖騰的翅翼
死命地向著路燈擎舉的光炬
飛撲，妳缺角的飛行地圖再度折損

長夜裡，儘管無盡的拼搏
在一次又一次　墜落中
妳一次又一次重新　啓航
妳的頑強意志終於　顯影出
完美的　飛航路徑
在妳殘破的飛行地圖上

凍頂山上孤獨的鬥士！
我看到妳反覆趨向生命的極光

山的故事

賴玫妤

神創造出人的時候
矮人們放肆的時候
他請日月潭微笑的看著，希望故事能穿透歲月

太陽被射中的時候
巨鰻堵著河的時候
他讓濁水溪微笑的聽著，相信故事會精妙入神

人們找到米的時候
鳥尋找出路的時候
他和合歡山微笑著訴說，那乘風穿越過久遠年代的故事

流傳在南投山間的神話
如圖騰般錯落著點綴祖靈的微笑
山說　自己從不願意接觸那城府深沉的海洋
山說　自己只想對林中的生意百般疼惜

而那由故事編織的鄒族之歌
仍會迴盪在連綿的峰巒
響徹彩虹橋對面的雲霄

2019 南投青少年文學創作獎國中組散文第二名

與臺灣長臂金龜的揮別——
那一年在杉林溪的一段奇遇

顏子玦

　　牠揮動虎克船長金勾般的長手臂，像一台巨大的推土機，雄壯威武的往前挺進。我故意伸出手指擋牠的道，牠像長臂猿般奮力疾揮，我的手指雖然被牠前肢的鉤刺給劃出血痕，但我不但不覺得生氣，反而更目不轉睛地盯著這隻甲蟲界的王者——臺灣長臂金龜。

　　那一年夏天，和家人一同到杉林溪旅遊，晚飯後，走出飯店準備去夜遊，哥哥突然覺察到一陣奇特的聲音，「歪！歪！歪！」是從旁邊的花圃傳來的。一向有野外動物「擒拿手」封號的哥哥，立刻上前將臺灣長臂金龜給捕獲了。

　　說是臺灣長臂金龜，其實一開始我們並不清楚這隻擁有極長前臂的金龜子的真實名稱。由於牠硬殼上佈滿繁星般的斑點，在燈光下熠熠發亮，我便管牠叫「星巴克」。

　　「我們把星巴克帶回家吧！」我央求爸爸。爸爸語帶保留的說：「野外的昆蟲不一定都能帶回家，我得確定牠是不是保育類動物。」

　　爸爸這樣一說，讓我和哥哥都十分失望，夜遊的心情也大受影響。

　　回到飯店，我們迫不及待的將星巴克放到桌面上仔細端詳。星巴克一被放到桌面上，牠便死命地往前爬。淘氣的我，

總是拿著小盒子擋住牠的去路。不過，星巴克不為所動，直接攀上我設下的重重障礙，跌跌撞撞的，一副其笨無比的模樣，逗得我們笑聲不斷。

　　我們百「玩」不倦，玩得樂不可支，這時又聽到「老學究」的爸爸開金口了：「你們這樣玩牠，就算沒有玩死牠，也會把牠弄成殘障『蟲』士！」爸爸繼續板起臉孔，「就算這隻金龜子不是保育類的，恐怕也不適合帶回家飼養，我的良心告訴我，必須阻止蟲蟲危機的發生！」

　　「哦！不！拜託啦！」睡覺之前，我們於是不斷的請求爸爸，一定要讓我們把星巴克給「收編」了。不過，爸爸似乎吃了秤鉈鐵了心，用他的沉默回答了我們反覆的請求。

　　「歪！歪！歪！」唉！星巴克為我們演奏的催眠曲，恐怕過了今晚，就沒有明晚了！

　　我們就這樣與星巴克共度了一個美好的夜晚。

　　隔天一大早，「歪！歪！歪！」星巴克為我們響起迎接晨光的鬧鐘。我從睡夢中漸漸甦醒後，立刻從床上跳下來，繼續找星巴克同樂。

　　用完早餐，回到房間，我們開始收拾行李。在媽媽忙得不可開交，而我們兄妹與星巴克也玩得不亦樂乎之際，爸爸突然大叫一聲：「找到了！」接著他二話不說，搶走我們的

星巴克，將牠放到手機旁，仔仔細細的比對了半天，然後，得意的告訴我們說：「牠真的是保育類的昆蟲——臺灣長臂金龜。」

真是不應該！爸爸不應該這麼快查出星巴克是「何方神聖」；更不應該的是，爸爸竟然還查出：將臺灣長臂金龜帶回家，將會違反《野生動物保育法》，可以處六個月以上，五年以下的徒刑，併科二十萬元以上，一百萬元以下的罰金。

雖然，我們萬般的不捨，然而，最後我們只能選擇將星巴克放生，只是，在放生之前，我忍不住使出了「拖延戰術」，就為了能夠和星巴克多相處一段時間。

到了不得不與杉林溪道別的時候了。為了星巴克的安全，我們選擇一個隱密的繡球花叢，將牠仔仔細細的藏了進去。

我永遠記得，揮手道別的時刻，盛開的繡球花霑被著微雨過後的雨珠，像我眼眶中不斷打轉的淚珠。

大海龜的魔幻劇場

顏子騂

因為練不成縮頭、縮尾、縮四肢的龜縮大法
我只能整天背著我這又笨又重的殼
在大海一望無際的劇場上
權充成一艘活動自如、永不擱淺的潛水艇

白天，當太陽躍入海面引領我一同巡航
便可以看到成千上萬的塑膠水母大軍
以寶特瓶、保麗龍、塑膠袋為武裝
它們隨著潮浪的舞蹈載浮載沉
像聲東擊西、神出鬼沒的水鬼——蛙人部隊
又像四處漂移、十面埋伏的水雷
更像令海中動物食指大動、美味可口的誘餌

好令人食指大動、美味可口的誘餌啊！
如今卻成了海鳥的喪服、海獅的裹屍布
中空環形的塑膠圈、廢輪胎
也成了鯊魚與虎鯨塑身的超級馬甲
那堅韌無比的破漁網牢牢套在身上的時候

就成了我大海龜同伴們華麗的絲帶、迷人的洞洞裝
而當太陽把自己的倒影當成鳥蛋
窩在尼龍絲線纏繞成的鳥巢
我也不再只是隨之英勇巡航的潛水艇
更是把塑膠吸管插進鼻孔中當成香菸戲耍的魔術師

看哪！看魔術師的我菸頭上氤氳飄飛的煙塵
那瞬間幻變成海岸邊火力全開的巨型煙囪
從此讓那濃到化不開的戴奧辛與層層霧霾，悄悄融入
我這盛大登場的──文明的奇幻魔境

金山磺港蹦火節

顏子玞

滿天霞光為樸實的磺港鋪上一片絢爛的柔毯
當港岸上的燈塔眨亮了黑夜的眼睛
我們乘坐的海釣船一如　巨鯨
浮游在粼粼的金光中
沿著東海岸線　朝向南方
追尋傳說中的蹦火仔船

迎著那帶有鹹味的海風
我們的鯨船激越起銀白色的浪花
漫向昏暮的　燭台雙嶼
而當無盡的漆黑
吞沒了巨大的　象鼻岩
隱藏了峻峭的　酉長岩
基隆嶼也在茫茫的月色中若隱若現
直到我們抵達蹦火仔船所在的漁場

砰！瞬間火光乍現
成千上萬的青鱗魚是朵朵飛蹦的　火花
是磺火為闃暗的海天融熔成的　金色的夢

看哪！巨大的漁網裡滿是活跳跳的「金」鱗魚
換不了幾兩黃金卻總是滿載一夜又一夜的疲憊
更滿載著頭髮斑白而後繼無人的老漁夫
零落的盼望與無言的嘆息：
那曾經榮登國家地理頻道舞台的磺火船
日益破落的最後四艘船體未來如何撐起
號稱全世界　僅存
傳承百年的磺火捕魚古法的　浪漫慶典

姆　海底龍宮

鄭融禧

一萬五千年前　宙斯的怒吼
一夜之間　你被禁錮在海底的冷宮中

神殿的拱門依舊矗立著
女巫卻已不知所蹤
殿前的靈石　承載了無數祈願
沈重的浮不出水面
頭頂的那縷光
成為重獲自由的唯一盼望

安睡的雕像
彷彿是被施了魔法的睡美人
默默的　等待她命定的王子到訪
牆壁上的象形文字
可是解除封印的神秘咒語？

海龜　穿梭古今的使者
背上刻著來自時光和深海的訊息
述說　望眼欲穿的思念

每當我坐在海邊
浪花總會激盪起我的思緒
靜靜的　勾勒出
一幅如夢的雕欄玉砌

總有一天
我會穿上潛水衣　背上氧氣筒
赴　你的萬年之約

註：海底龍宮為宜蘭外海的「姆」古文明遺蹟。

X

蘇怡璇

神秘的未知數
存在形式　不同
時　正
時　負
時而整數
時而分數

平時正向的積極
為什麼變得如此負面
一向完美的整體
又為何弄得四分五裂

那就像
有時正直嚴肅
有時負氣任性
又有時工整而無瑕
還有時分崩離析

神祕難解的你

《北市青年》第廿七屆金筆獎國中新詩組第一名

雕　像

胡宸菡

無數凝望的目光
為我而聚焦

燃燒著心火
一動也不動

揮　擊

秦桐彤

揮出的決意
乘著夢飛向青天
劃出天際線

衝　線

尤羿萱

如子彈衝刺
發揮自我的極限
突破終點線

第十六回世界兒童俳句比賽佳作

射　箭

鄭融禧

引希望之弓
將夢想射向未來
心靜即箭進

奈米殺手——新型冠狀病毒

顏子玞

原來極其微小的
壞種 (註)
也可以攻掠整個地球的版圖

是構樹果鮮甜美味的模樣？
是紅毛丹豔麗光采的身形？
是該死的電子顯微鏡
看走了眼
讓它得以伸展做作的模樣
穿戴著華麗的王冠禮服
輕巧的卸除了
世人的警戒與武裝？

它的出沒總是神不知鬼不覺的
人們的一舉一動
都被它定定的　凝視
它時刻謀劃著如何殺戮如魚的肺
盤算著如何將人們領到
幽冥的地界

直到——
整個地球的版圖
種滿亡者的墓碑
佈滿死者的骨灰罈
堆滿奈米殺手
得勝的　冠冕

註：《壞種》是美國作家威廉・馬奇的小說，
　　2018改編成驚悚電影上映。

建築中的新北市美術館

胡宸菡

一片片承載期待的鋼板
一顆顆鎖緊目標的螺絲
在叢叢蘆葦之中
一階一階建築著
炙熱的藝術夢想

2020 天籟詩獎青年組佳作

籃　球

陳品伃

森嚴守勢持球破，
入網三分萬眾驚。
熱血燃魂終不負，
爭心鬥巧見輸贏。

玻璃娃娃

陳奕璇

　　三圍：胸圍 80 公分、腰圍 62 公分、臂圍 94 公分。網路上有許多的文章，總是告訴著女性，該怎麼穿，該有什麼樣子的身材，才能在當今社會中廣受歡迎。當女人的手臂多了「掰掰袖」、肚子多了層「五花肉」，那麼這個社會便會冷酷無情的向她道一聲：「bye bye」。

　　在這種嚴苛的審美觀之下，芸芸眾生之中不乏各種各樣的「受害者」。女學生、上班族、公眾人物、抑或者是家庭主婦，又有多少人能夠逃離「大眾審美觀」的魔爪？

　　走在路上，看到其他人勇敢地展現自我，我總會感到一絲羨慕；瀏覽社群媒體，看到其他人能夠面對鏡頭嶄露微笑，我總會感到一股自卑。但是，我只能試圖利用虛偽的笑容來包裝自己脆弱的一面。

　　幼兒園時，我面對的是一個單純、一個善良的世界。雖然我的身材是比其他人豐腴了些，可是卻不會有人對著我指指點點。那時，大人們總愛捏捏我的臉頰，「哎呀！圓嘟嘟的小臉真是可愛！」年幼的我，對於他們親切的讚美，很是喜歡。久而久之，我便開始認為有著肉包子一般豐腴的雙頰，便是符合這個世界的審美標準。在這個時期，我逐漸建立了屬於自己的「自信心」，像是在堆疊積木一般，將「自信心」一個一個疊好。那時的我，就是個生活於玻璃展示櫃中的玻璃娃娃。然而，不為人知的卻是那易碎的一面。

　　小學時，大人不再讚美小孩圓滾滾的身材。此時，有著

豐穗——古亭青年文藝獎十一週年精萃集——

清清秀秀的瓜子臉、楚楚可憐的大眼睛才是王道。一出生就被醫生宣告為包子臉及小眼睛的我，被惡狠狠的驅逐出了那個名為「大眾審美」的圈子，成了被社會放逐的孤兒。幼年時建立的自信心，便這般被無情的粉碎；甫經疊好的積木，也瞬間潰不成軍。小學的我，為了繼續在班上有立足之地，開始嘗試用各種方法包裝自己。像是在修補支離破碎的娃娃一般，用各樣的膠帶、黏著劑，妄想能夠將掩飾一切的傷口。於是，我便告訴自己：成績要好，這樣別人才會喜歡我；要讓自己多才多藝，才不會落後其他人。

過了六年，這個玻璃娃娃終於用成績和才藝修補「好」了，並且再次回到屬於他的玻璃展示櫃中，彷彿什麼事情都沒有發生，所有事情都如從前一般。

升上國中以後，我開始面對「袖珍社會」。一切的人、事、物都是成人世界的縮圖。女同學們開始學會打扮自己，口紅、眼影、腮紅，來者不拒。同時，這也代表著「大眾審美」的標準更加嚴苛了。體脂肪一旦超過24，就有可能成為學校中，眾人茶餘飯後譏嘲的話題。沉重的「關心」、無情的「吐嘈」，如同錘子一樣，重重的往玻璃娃娃上擊去，清脆的玻璃碎裂聲傳出，伴隨著的，是對這個迷你社會「敢怒不敢言」的悲憤。這次，我再也沒有把握能夠像小學時期時那樣，把自己的脆弱「完美無缺」的隱藏起來。更沒有把握，能夠將支離破碎的自己，修補成最初那個有自信的模樣。自信，成為了永恆的過去式。

有時候，「大眾審美觀」逼迫著我們成為玻璃娃娃，將女人強行塑造成他們心中「美麗」的形貌。然而，怯於抗拒，隨波逐流的我們，又是否是在一旁推波助瀾的幫兇？

魂牽夢縈——《詩魂》讀後感

蘇怡璇

　　《詩魂》這本書是在說主角柳宗元和他的朋友儀萱，穿梭在詩境間的奇幻冒險故事。宗元本來一首詩也背不起來，在一個被國文老師留下輔導的下午，偶然遇到對背詩很拿手的儀萱，在她的幫助下，柳宗元成功的把〈江雪〉這首詩背了下來，但也意外的進入〈江雪〉的意境中，從此，他被賦予尋找詩魂的使命……。

　　《仙靈傳奇》是我到目前為止最喜歡的一套書，這不僅是我喜歡的奇幻小說類型，也是一套跟中國古代歷史文物有關的小說。這套書總共有四集，分別和唐詩、宋詞、國畫、和陶瓷有關，其中我最喜歡的是和唐詩有關的《詩魂》。這小說以讓讀者身歷其境的手法，呈現出主角們的詩境冒險，每句對話中，都細心的埋了一些兵，伏了幾位將。作者也運用了豐富的想像力，將一首首的唐詩，像電影畫面一樣的描述出來。像故事中最後的線索，在〈南軒松〉詩境裡的「雲界」，就是作者想像出來，這也是故事中救出詩魂的最後密碼。

　　作者的寫作方式也相當特別，用唐詩當作題材，融入西方奇幻小說，以及東方武俠小說的手法，讓這故事往往在山窮水盡之處，又展開柳暗花明的風景，這也是我很喜歡這本小說的原因。這本書也讓我用有趣自然的方式，在輕鬆閱讀

中，看到中國古代的文物。唐詩，這個題材也相當得特別，作者以這個題材創造出了步步驚魂的懸疑小說。而且，作者選來藏線索的五首詩意境都非常好，可以馬上帶讀者進入詩境，也很能激發想像力。

柳宗元原本不會背唐詩，最後卻變成了拯救詩魂的英雄，透過這個故事，以及他在詩境中的奇幻冒險，以及各種各樣的遭遇，讓我感受到只要不屈不撓，堅持勇往直前，再加上冒險犯難的精神，和努力的實踐，任何人都能把任何事，變成可能！

透過這小說的情節，〈江雪〉、〈登鸛雀樓〉等耳熟能詳的唐詩，不但容易記誦，而且還有謎題隱藏在詩作中，讓讀者能夠跟著主角們一起推理、解謎，一邊讀奇幻小說的同時，也一邊領略中國古典文學之美，這也就是為什麼我會這麼喜歡《詩魂》這本小說的原因。

避風港

陳奕璇

　　車廂內，借過聲此起彼落的從各處竄起。在車廂裡的人們，有的西裝革履，手上提著皮革製的公事包；有的身穿校服，手上翻著明天考試的內容；有的穿著一身樸素的衣裳，手上提著甫經菜市場而選購的晚餐食材。然而，每個人的臉上都戴著如出一轍的面具：快樂、和藹。可是在面具下，我看到了：奔波、疲累以及無奈。

　　「新埔，Xinpu Station……」，捷運車廂的廣播分別用了幾種不同的語言廣播著。廣播，把我從耳機下的寧靜拉回現實，我張開雙眼，世界頓時從一片灰暗回復色彩。我發現自己似乎不小心逃離了現實，於是便揉了揉眼睛，試圖讓自己清醒一些。最起碼，不要再讓我的上、下眼皮相見。捷運上的廣播，對我而言不僅僅是個廣播，它是種鐘聲，是一種特別的聲音鐘。因為，這是提醒我回到現實的聲音中。

　　手機的鍵盤上，我拖動著我的手指，跳著無比笨重的華爾滋。手指的每一個「跳躍」、每一個「轉圈」，都至少要花上一秒鐘的時間才能完成。「02…」，因為疲累的緣故，我不只手指秀逗，就連眼睛也不大好使。找個數字也能像個八十歲的老太太一般，瞇著眼睛來來回回地在螢幕上掃射著，最後才發現自己要找的數字原來就在眼前。終於，我看著液晶螢幕上一串完整的號碼，如釋重負的按下了通話鍵，「土城阿嬤家」（聯絡人名字）就這般出現在我的螢幕上。「嘟

嘟嘟…嘟嘟…」，手機的這一頭，傳出了嘟嘟的聲響。不一會而，我聽到了手機另一頭傳出了一個蒼老的聲音，「你到哪裡了？」奶奶扯著嗓子說道。我聽到手機的那一頭，除了奶奶的聲音以外，似乎還有快鍋煲著湯的聲音。

「我到新埔了，阿嬤差不多可以下來了……」。我打著大哈欠，有氣無力的回答道。我們一家人都住在山上，因此，我上、下山通常都要依靠家裡會開車的大人接送，除了偶爾有機會能夠在永寧站搭上巴士除外，然而，那幾乎沒有發生過。「講大聲一點！阿嬤聽不清楚。」奶奶從電話的另一頭說著，這時，我才意識到我正在用耳機通話。可是，我卻也沒有打算將耳機取下，因為雙手還提著重物的我，在幾近精疲力盡的狀態之下，壓根沒有「多餘」的力量，將沉若石頭的手臂舉起。因此，我再次告訴奶奶「我到新埔了」。然而，奶奶的回復還是那句「我聽不到，你講大聲一點！」

或許，是耳機的收音並沒有很好；或許，是我用老鼠般音量和爵士的慵懶腔調講話；或許，是快鍋的聲音像打雷一般……

是這一些「或許」，逼著奶奶一個人不知所措的從模糊不清的聲音中，尋覓那簡單的兩個字——「新埔」。而這些或許的始作俑者卻都是我。是我堅持不取下耳機，也是我因為

在受了一整天的知識爆擊後，決心不好好說話。而那鍋湯，更是煲給我喝的⋯⋯

　　奶奶說完那句話後，我登時如木頭人一般。「呆若木雞」或許是最好形容我的成語了。「喂，喂⋯⋯喂？」奶奶的聲音再次從電話中傳出，但因為我的遲遲不答，須臾間，「嘟嘟嘟」的聲音再次響起。而我，也按下了手機的關機鍵。我闔上了雙眼，再次將自己浸泡在耳機下的那一片寧靜中。「遇上風風雨雨你會把我藏進你衣裳，握著你的手我不願放，千金不換的溫暖⋯⋯」馮曦好清脆的嗓音，伴隨著疲累，帶我走進了我的世界。

　　難過時，疲累感嚴重超載時，我需要一個避風港。我驚慌失措的尋找著，因為學業、人際的種種壓力已在崩潰邊緣，搖搖欲墜，不知哪一天便會倒塌。有時候，疲累會使一個人喪失生活的鬥志；有時候，疲累也會使人發狂：走在大街上，城市的喧囂使分貝數瀕臨爆炸邊緣，車水馬龍使我感到頭疼反胃，內心壓抑的疲憊無從宣洩；坐在教室內，同學們上課時的打鬧嬉戲也只會加深我的煩躁。然而，礙於形象，我卻也只能無奈的將我的面具戴上，用同樣和藹可掬的笑容面對他們。當我把面具取下時，奔波、疲累以及無奈，一覽無遺。

　　「永寧，Yongning Station⋯⋯」，車廂內的廣播又以多

種語言的方式出現，也再次將我帶回了現實。我有些失魂落魄的，踩著最重的步伐，走出了捷運站。在捷運站外，我看到了奶奶與她那台銀色的福特汽車，似乎隨時隨地都為我準備好一般，安靜的停在路邊。奶奶搖下了窗戶，向我招了招手，並露出一個笑容，一個最溫暖的笑容。

　　我緩緩的走向那一輛銀色福特，在打開車門的瞬間，我感到了從未有過的安心。至少，在這裡，我不用偽裝自己，不用戴上面具。從上車的那一刻起，奶奶沒有和我說話，也沒有過問方才在捷運上的事。或許，她知道身心俱疲的孫女只想好好的休息一番，於是整趟車程便悄聲無息的偷偷留在了我的心房中。

　　回到奶奶家後，我在沙發上倒頭就睡。什麼面具？什麼形象？我通通拋諸於九雲霄外。在這裡，我能夠享受安穩，徹頭徹尾的心累感也不會無從宣洩或是日漸增加。我聞到了快鍋內湯的味道。香噴噴的，嗯，是綠豆湯，我最喜歡的綠豆湯。我來來回回，睜著眼睛尋找，原來，自己要找的事物總是在眼前。我發現自己的嘴角不自覺的揚起了十度。不過分甜膩，不過分浮誇，恬淡即為最好。我想，避風港便是如此吧。

　　「來吃飯囉！」蒼勁的聲音從廚房傳來……

雨　季

賴玫妤

潮濕的語氣
字詞的範圍之內
一滴，又一滴　　不聽話的思緒
積成一淵深深的喜愛

潮濕的預期
想念的範圍之內
一次，又一次　　被摔碎的雨滴
輾轉成一首濃烈的暴雨

潮濕的雨季
烏雲的範圍之內
一場，又一場　　黏膩的糾纏
混亂　　浪漫
留下一句泥濘的未完　　待續

2021 長庚生物科技感恩創作活動國中新詩組第三名
粉筆——感謝余文彬老師

吳柏勳

那是根筆直的背影
在我空蕩的人生黑板上
刻下縷縷光明

那是截堅挺的身影
磨損身體，耗費心靈
化為時序的塵埃
堆砌成我翱翔的雙翼

這時間的沙塵
呼嘯吹過
點點是你的盡心
粒粒是你的生命
一小搓
便是那無數的光陰

這時間的碎片
拼拼湊湊
聚積出了堅實的我
卻　點綴你滿頭的白

那是顆佝僂的你
以清輝澆灑大地
你用生命將知識灌頂
你來回晃動的臂膀
是為了告別而生輝

下課了
你終究化為　被時間風化的骨骸
可惜　來不及的擁抱
再見了　我童年裡的英雄

《北市青年》第廿九屆金筆獎國中散文組第一名

海與陸

陳奕璇

　　我未曾想過，大海與陸地居然會勇敢地越過海陸的交界。

　　大海，總是看似漫無目的的隨意翻騰著，東碰一下珊瑚，西打一下礁石。大海的生活沒有所謂的限制，他想流浪到哪，便能滲透至何處。來回遊戲於世間的生活，很是精彩。

　　陸地，看似嚴肅，可是她卻有一顆乾涸的心。陸不同於海，她的生活多了些充實及規律。陸地，安分的更迭著四季：陸地，規律的生長著萬物；陸地，遵照著老天的旨意，老實的生活著。這樣的生活並沒有不好，可是相較之下，就是缺少了那麼一點的樂趣以及激情。

　　陸地不了解大海，大海也不熟悉陸地，兩人對彼此的印象，停留在了他們沒有勇氣越過的海岸線。然而有一日，海像往常一般，四處捉弄著萬物，因此不小心越過了海岸線。越過海岸線的海，猶豫了一下，最終他決定再向前行一小步。陸地與大海，在漫長的時光中，因為海的勇氣而首次有了短暫的交集。這個交集甚是短暫，然而陸地卻有些驚惶、也有些失措。因為這猛然出現的交集，就像是驟下的暴雨、颳起的狂風一般，狠狠地將陸地原本規律的生活打亂。陸的心中彷彿經歷了一場地震，連遵守了好久的規律，也被震得東倒西歪。可是，她的臉上卻依舊掛著那副不失嚴肅的模樣。

　　在這短暫的交集後，調皮的海，不斷地不斷地拍打著岸。

啪打啪打，陸的生活從此吵鬧了起來，或許也可以說，熱絡了起來。陸的心，從最初的紛紛擾擾，以及未知，緩緩沉澱成了另類的確信，以及不知從何而來的堅持。陸很木訥，但是木訥的她卻在種種使人動心的瞬間，悄悄的放下了心中的木訥。至少，對海是這樣的。陸地嚴肅的模樣，在大海的面前逐漸褪去，取而代之的是偶爾紅暈的雙頰。

大海有著好多種型態：起霧的海，有股憂愁的朦朧美；晴天的海，似個陽光的大男孩；雨天的海，使人感到無比可愛。大海有著這麼多型態，然而陸地始終一成不變。除了安分的遞嬗四季，好像就沒什麼太過於特別之處。陸，自始至終的無趣；海，自始至終的風情萬種，且使人著迷。

縱使陸地表面上有著蓊鬱的大樹、豐收的果實，以及盛開的花朵，地表下的景象，卻與地表相差甚遠。地表下，一片乾涸，本應該濕潤的土地，卻絲毫沒有活生生的跡象。看起來頗令人稱羨的外表，卻有著一顆無比枯竭的內在。可是，海不在乎。反而，海在不知不覺當中，一步一步成為了滋潤陸地的角色。陸也在毫無察覺之中，漸漸的習慣了海的滋養、海的溫柔。乾枯的心，有了不同的樣貌。

有天，陸地故意朝大海的方向落下了一片樹葉——陸地也勇敢地越過了海陸的交界。樹葉緩緩飄落至海中，輕輕的漾

豐穗——古亭青年文藝獎十一週年精華集——

出了圈圈小巧的漣漪，而大海則持續拍打著岸邊。雙方便這樣，你來，我往的，不斷拉近著彼此的距離。靠著那片片樹葉，與波波海浪，海與陸傳遞著彼此的溫度，分享著各自的生活。從百花怒放的春天，到使人融化的夏天，再到有著微微涼意的秋天。三個季節悄悄走過，而海與陸也在這三個美麗的季節，悄悄珍惜起了對方，各自在內心深處將對方小心翼翼的珍藏起來。

陸的生活，因為海的出現，而多了好多樂趣，也多了股她不曾擁有過的衝動。可是她不排斥這樣的生活，神奇的，她很享受。

陸地一直感到好奇。那拍打岸的海浪，究竟是偶然？還是……於是她有天好奇的問海：「最初拍打岸的浪是為何而生？」

浪漫的海頓了一下，莞爾道：「為了那短暫的首次交集而生。」

陸地一點都不浪漫，可是她卻學會了溫柔的對待大海。

我未曾想過，陸與海曾經那麼疏遠。

撲「沨」迷「離」

蔡睿璟

他永遠記得那一個帶著歉意的吻。

在美好到不像話的仲夏末裡，蟲鳴鳥叫四起，百花接連綻放，鬱蒼綠樹高高挺立。自然萬物之間似在爭輝，又似在共舞。

一次意外的邂逅使兩人生活有了交集。本該平行的兩線交錯相疊，譜成錯綜複雜的關係。

17 歲本就是個青春洋溢的年紀，剛脫離懵懂的高一時期不久，還不必面對足以將人壓垮的升學壓力，更不必面對凶險未知的將來。

就是這時，一個人「突破重圍」進入同學和師長的視野裡，林沨潷靠著無視紀律這件事在學校紅了起來，雖然成名方式不太好，但怎麼說也是校園叱吒風雲的人物。

與之相反的大概是公認乖乖牌——季離，段考次次第一，小考科科滿分。別說踰矩行為，連遲到都不曾有過。

一個不學無術，一個出類拔萃，如果要比喻的話，大概會是馬里亞納海溝和珠穆朗瑪峰。

可就是這樣大相逕庭的二人，在同一個時間、同一個圍牆下，做著一樣的事情——翻牆翹課。

不知道是該說出乎意料的有默契，還是該說冤家路窄、狹路相逢。

林洬灃承認他是真的愣住了，縱使他正面評價不高，但學校有名的風雲人物也就那幾個，稍微注意下一定知道，遑論是每逢朝會必上台領獎的模範生。

都說優秀學生分兩種，一種是挑燈夜讀的刻苦類型，另一種則是成績多好就多會玩的天賦型。

在林洬灃的認知中，季離本應屬於前者，但現在他自己也不確定。

或許好學生並不一定是好學生，營造表象總是容易的，壞學生亦然，在皮囊下的真實，可能連他們自己都沒有察覺到。

天地之大，二分法並非萬靈藥，黑白交界是模糊不清的灰。

可在一個「萬般皆下品，唯有讀書高」的社會裡，品格不再是人人關注的焦點，成績與名校學歷才是決定未來的唯一。

季離對學校的八卦和小道消息並不清楚，壓根不認識眼前大名鼎鼎的「老師眼中釘」。他只知道他翻牆下來時，貌似踢到了某個人，出於禮貌他關心了一下眼前的同學：「不好意思，你還好嗎？」

畢竟在這所學校裡，翻牆翹課是常態，學生仗著成績好而肆無忌憚，玩得比誰都瘋，季離早已習慣同儕的行為，裡所當然的把林洬灃也歸類到同一類。

「沒事，下次看清楚再跳下來。」

林洬灃向來吃硬不吃軟，對季離這種態度完全沒轍，把剛到口中的難聽話全硬生生嚥了回去。

事後，季離回學校時順手多買了一杯手搖飲，跟同學稍加打聽後，去林渢滓班上託人把飲料拿給他，這樣就算揭過了。

林渢滓雖看似無法無天，但也不喜歡白拿別人東西，幾次有來有往後，兩人熟了起來。

於此同時，季離也發現一個嚴重的問題，如果以林渢滓不是及格邊緣就是不及格的成績，要畢業可能會有一些難度。

他乾脆好人做到底，抱著視死如歸的心情，決定幫林渢滓輔導功課，好在渢滓其實很有天分，只是不愛讀書而已，這種課業加強進展其實很好。

伴隨關係升溫的，是他們都未曾注意的情愫，躲著眾人目光的牽手與接吻，隱蔽在好友關係下的愛情。

他們共享一方天地，一起藏著所有不能攤在陽光下的情意。

星火燎原，熾熱的思緒燒紅了天。

在禁止早戀和反同社會風氣下，林渢滓和季離是「共犯」。

高三時，季離依舊和高二一樣，課業輔導和其他跟渢滓有關的事一樣沒停，只是在一個學期後，全校都知道他們關係很好。

幸好，沒人注意到兩人之間蔓延的異樣氛圍，長輩們甚至認為季離在能力範圍內，把曾經困擾他們的叛逆少年拉回正確道路。

任何事情只要包上一層皮，哪怕是撒旦也會被人廣為接受。

　　流言蜚語和錯誤認知成為主流，社會為無辜者強行安上莫須有罪名，遮遮掩掩逃避現實，他們怕的始終是個「獵巫計畫」。

　　甜蜜童話是謊言，是大人們哄孩子的騙話。灰姑娘沒有掉下玻璃鞋，白雪公主並未甦醒，醜小鴨更沒有變成白天鵝。

　　他們的故事在開端時早已註定好結局，悲劇收場是意料之中。

　　高三畢業典禮後，獨屬於青春的烈火被澆滅，不同學校的錄取通知使他們和同齡人一樣，在瘋狂盛宴過後迎接別離。

　　早戀分離是常事，何況是他們這種本就不被社會認同的愛。

　　曾經的如履薄冰，在此刻竟都成了荒誕鬧劇，是他們親手剪斷被賜予的姻緣線。

　　季離只留給林渢溥一個帶著歉意的吻，而他仍是那個掌控生活的模範生，失控的一切回歸正軌。

　　過去他總以為自己遏止了錯誤，可時至今日，他才知道，有些對的人，一輩子只會遇上一次，是他主動放棄了他能擁有的全部。

　　林渢溥——本不在季離人生計畫中的人，一個突如其來的變故。

　　當時他不以為然，以為在盛宴結束後他還能全身而退，可他始終太高估自己，從一開始他就沒法安然脫身了。

　　有些錯誤就該繼續錯下去，不然對雙方都是傷害，時間並不會沖淡一切，只會讓人慢慢接受不能反轉的事實。

　　林渢溥在沉澱後慢慢理解了當時的季離，他們都擁有著

大好前程，不必為了遷就彼此放棄本該燦爛的明日。

可理解從不代表認可，相反的，林泅澣認為倘若當時他們都再勇敢一些，今天他們的結局可能就會不一樣。

林泅澣能夠有今天，和季離絕對脫不了關係，如果不是當時他拉了迷惘的自己一把，今天他會在何處他自己也說不清。

每一個今日的社會隱患，都曾只是個迷途少年，但他們往往不夠幸運，沒有遇見那個會向他們伸出手、將他們從地獄拉回人間的人。

歲月磨平了他的稜角，林泅澣不再是當初那個天不怕地不怕的少年，但他仍舊後悔，後悔他沒有在最後一刻牽起對方的手。

異樣的社會眼光，順應天命的分離，他們走上了與他人無異的路，他們依然是當初的自己，只是現在他們不再擁有屬於二人的世界一隅。

天地來來往往分分合合那麼多，會讓人感到刻骨銘心的卻不多，他們終歸是彼此的唯一。

可惜命運沒有給他們彌補的機會，二人只能把這場不被接受的初戀藏在心底。

五年過去了，我仍舊想你。

親愛的，近來可好？

金陵女中第廿三屆金陵文藝獎國中散文組第一名

幸福的白色潛艇

顏子玦

匡啷一聲，鍋蓋被掀起，白色的煙霧氤氳瀰漫，在爸爸的眼鏡上蒙上了一抹白色水氣，而此時，一顆顆漲鼓鼓的水餃，像那一艘艘白色的潛艇，從鍋底的滾水中浮了出來。我們家「圓桌武士」的爭食戰即將展開啦！

爸爸熟練的將煮熟的水餃起鍋、裝盤，然後擺到我們家圓形的餐桌上。熱騰騰的水餃一上桌，接下來可要任憑我和哥哥這兩位「舉箸」揮舞如劍的小武士無情的爭食。戰場上，只見「雙劍客」的我們，舉箸、揮弄，來回將飽滿的白色潛艇——水餃，喜孜孜地往我們的「血盆大口」運送。一咬下去，白色潛艇的「零件」就會展露頭角：有時候會是清脆爽口的豬肉高麗菜；有時候則是碧綠如青絲的韭菜細末與絞肉混合而散發濃郁香味的韭菜水餃；偶爾則是散發淡淡甜香的細軟匏瓜絲絞肉水餃。不管它們的內部「零件」是哪種型態，它們可都是粒粒飽滿著幸福的滋味，顆顆都包覆著滿滿的愛。

每當我們吃膩了牛肉麵，也厭倦了義大利麵或其他美味的菜餚，心血來潮的爸媽便會貼心地為我們變換菜單，為我們製作那白色的潛艇。

說起包水餃，看起來似乎很簡單，不就是水餃皮、內餡，直接包起來嗎？然而，我從小學到現在，已經國二了，卻仍然沒有辦法包出像媽媽包出的一如金元寶般的水餃。

我媽媽包水餃時，總是非常的專注。她對每個步驟要求都極其仔細，卻總是一氣呵成，三、四秒鐘便可以包成一顆餃子。我常跟在她的旁邊學包餃子，雖然要求自己要一步一步慢慢來，但往往一個不小心，「一失足成千古恨」，那顆水餃，除了奇形怪狀之外，下鍋時，更可能在潛航過程中船身爆裂，導致「機件」四處漂浮。儘管我總是「鑄成大錯」，自認任務失敗，絕沒有修改、彌補的機會，但媽媽的巧手就是有辦法幫我的「爛潛艇」給重新塑型。

　　每當家裡包水餃、煮水餃、吃水餃的日子，那可是我們家溫馨無比的幸福時光。

　　我們家平常都是由媽媽掌廚。紅燒獅子頭、奶油蝦、麻婆豆腐、蒼蠅頭、佛跳牆……等，都是媽媽的拿手菜。媽媽的廚藝在我們的心目中，可是無人能出其右的。儘管如此，我卻最喜歡包水餃，因為，我們家的水餃，永遠有著我爸爸、媽媽兩人合一的特殊風味——爸爸為我們家裡的白色潛艇備料，再由媽媽的巧手，負責將潛艇給一一「裝配」、「塑型」。

　　「明天要吃水餃，妳們想吃什麼口味的？」每當我們家的大廚宣佈隔天的菜單時，我總會搶先地喊著：「韭菜！」不過，韭菜水餃只有我和爸爸喜歡，媽媽特別不喜歡它辛辣的味道，所以，媽媽總會以大家都能接受的高麗菜水餃為首選，選擇韭菜水餃時，媽媽都會強調那是特別為我的「犧牲」。

　　包水餃前的備料，在我們家可是大事。除了事前的採購之外，平常十分斯文的爸爸，在備料時，卻喜歡炫技——把備料的過程耍弄得好像在表演「武藝」一般。

　　每當我們家廚房的「武林大會」開始時，諸如高麗菜、

韭菜、匏瓜、香菜……等，清洗乾淨之後，一被放置到砧板上，說時遲，那時快，就會看到爸爸拿起菜刀，「刷！」的一聲，手起刀落，準備努力「拚搏」一番。

起初，爸爸的動作還算優雅，但漸漸的，他開始加快節奏，不停地揮動手裡的菜刀，賣力地往砧板上不停地剁啊剁，那模樣像極了武俠片裡人稱神刀無敵的左右千刀快刀俠。

整理好切完的菜末之後，接著撒鹽巴，揉去多餘的水份，最後加上絞肉彼此攪和、調味。雖然這幾個步驟看似簡單，但是卻需要花很多時間來完成。

備料完成後，媽媽雙手的指捏術可要施展啦！當她將餡挖到水餃皮上，不到一秒鐘，「白色潛艇」立時成形、出廠。

說實在的，上館子吃餃子其實再方便不過了，但我們總愛看著心目中的白色潛艇下鍋後，在滾水中載浮載沉的模樣。在煙霧氤氳的暖熱氛圍中，當香甜多汁的水餃在我們的舌尖翻攪，爸爸、媽媽共同付出的心力與暖意，透過那一艘艘白色潛艇——水餃，乘載著的，我想將會是伴我們一輩子的幸福味道哪！

末日的奈米時鐘

顏子玦

棘蛋白，根植在一百二十奈米的　圓球
形成至為細微的生命　齒輪
竟可以透過無數隱形的傳播　鏈條
嵌入地球傾斜的地軸　運轉
乃啓動了末日的　鐘擺
而終於左右著所有指針的　慣性

正如無形、無聲的一架　鞦韆
反覆擺向死亡的　等高線
再以完全失速的　艙體
從生命線的端點重重將病毒　拋離
射入各方、各族人類脆弱的　呼吸道

當確診、重症與死亡數字
在全球疫情地圖網頁　讀秒的瞬間
不斷往極大值的高峰　堆疊
是末日之鐘無情的三支　毒箭
逕直刺向重病患者　渺茫的生機
恐懼、戰慄及悼念亡者的　眼淚
透過各式媒體、手機　無線且無限　傳輸

最終禁錮著無數　渴望解封的　心
於是，口罩、防護衣、梅花座以及社交距離等
成為封測人性軟弱的最高　警戒模式

而大地的日晷依舊隨太陽的升沉　推移
但那奈米的病毒是末日　長如光年的　陰影
層層覆蓋住地球　瀕臨窒息的　葉克膜

這豈不是一場奈米病毒永無止境的　變裝秀？
從 Alpha、Beta、Gamma、Delta 到 Omicron……等
各式疫苗與新藥至今仍無法完全解開病毒強力的　扣鎖
在反覆等待集體免疫的絕望中讓人不禁懷疑著：
是不是有那麼一天，太陽光將　最後一次
癱瘓　在爬滿喪屍的　日晷上、水鐘下？

家　書

陳姵羽

某人芳鑑

提筆之時，停頓半晌……，打開筆電，不對，那裡沒有；當面訴說，恐怕，難以啓齒。不妨，用文字魅力，莫過於彆扭的寒喧；由「親墨」的誠意，代替生硬刻畫的新細明體。

但，對不起，這封信在 9 月 13 號那晚，被郵差弄丟了，也許，浸入一窪泥水：暈開的黑墨水，被土壤渲染的信紙，泡軟破裂的郵票……。

昔日天真爛漫的我，總愛盯著電視，對於您的叫喚總置之不理，跣足在沙發邊晃呀晃，直到媽媽眉頭深鎖，才不情不願的來到您面前，面對夾帶臺語的誇讚，除了一頭霧水，還是厭煩，您常拉著衣角，説材質好、適合我。但不時用眼角餘光瞥向螢幕的我，只是應聲敷衍的道謝。猶記得，一次的母親節聚餐，為了一隻雞翅而生悶氣，整整一個月躲避著，只圍著屋簷下的其他人轉。

這道自建的藩籬，就這麼駐著。

9 月 13 號下午，一把斧頭重重砍進我心，但也應聲劈斷那道藩籬，無法相信所聞，不停地反覆確認，仍然得到相同的答案。跌坐在地：經歷了，才知道痛。憶起去年那本您從抽屜裡交給我的灰色筆記本，紙張早已因歲月泛黃，鐵環也漸漸褪去光澤，還有那條灰白相間的針織圍巾，因為了解我的狀況，特地託給媽媽往後轉交給我。

這世界多寬廣，你卻在我身旁。偶爾敷衍説謊……，有些秘密想要坦白，卻無法開口，有太多歉意與懊悔，早已來不及表達。

也許，回家的路越來越長，放心的走，不用回望，我會守著你的背影……。

永遠的孫女敬上

附錄

古亭文學進程（2017～2022）

◎ 2017.3. 第六屆古亭青年文藝獎得獎名單揭曉：新詩組首獎屈妍兒〈俘虜〉，散文組首獎梁棠堯〈不變的回憶〉，小說組首獎徐培峰〈是非〉。

◎ 2017.3. 陳亭妤榮獲第十四屆人間有情關懷癲癇徵文比賽國中組第二名，羅椿莛榮獲同項比賽佳作。

◎ 2017.3. 張楚秦〈天亮了〉、王芃雯〈糖果〉、高婕玫〈夏〉、陳亭妤〈字〉、羅椿莛〈泡泡〉、于雨仟〈包子〉、陳貞廷〈色鉛筆〉分別榮獲《北市青年》第廿四屆金筆獎國中新詩組佳作，盛馨儀〈逃生〉榮獲組同項比賽小說組佳作。

◎ 2017.5. 羅椿莛〈水族箱〉、梁舒婷〈印表機〉分別榮獲第十一屆台北市青少年學生文學獎國中新詩組優選；曾詩穎〈門〉榮獲同項比賽國中散文組優選。

◎ 2017.5. 古亭國中校刊《古亭青年》92 期出刊，隨刊印行學生詩作書籤邱湘婷〈水中月〉、屈妍兒〈鄉思〉、羅椿莛〈水族箱〉三張。

◎ 2017.5. 古亭國中榮獲台北市教育叢書季校刊競賽國中團體組第三名，古亭國中校刊《古亭青年》91 期榮獲台北市校刊競賽國中組特優，《舞穗》榮獲台北市教育叢書競賽國中組特優。

◎ 2017.6. 黃淑琪〈地球悲歌〉榮獲長庚生技感恩創作活動國中組新詩第三名，李芷萱〈揮別塵濁〉榮獲同項比賽同組佳作。

◎ 2017.11. 李芷葳〈尋詩列車〉榮獲國立台灣文學館 2017 愛詩網徵文活動新詩創作獎青少年組佳作。

◎ 2017.12. 羅椿筵〈淚的痕跡〉榮獲第二十屆菊島文學獎青少年組現代詩首獎。

◎ 2018.3. 第七屆古亭青年文藝獎得獎名單揭曉：新詩組首獎羅椿筵〈鏡面〉，散文組首獎屈妍兒〈溫柔·與微風共舞〉，小說組首獎卜翎倩〈Synaesthesia〉。

◎ 2018.3. 高暐媬〈規則〉榮獲《北市青年》第廿五屆金筆獎國中新詩組第一名，王怡婷〈如果我還有〉榮獲同組第三名，陳貞廷〈紙鶴〉、張馥年〈鏡子〉、彭苡庭〈化妝〉、陳亭妤〈近視〉榮獲同組佳作。

◎ 2018.5. 羅椿筵〈煮詩〉榮獲第十二屆台北市青少年學生文學獎國中新詩組優選。李芷葳〈詩的可能〉、王怡婷〈如果　睏〉分別榮獲同一比賽同組佳作。

◎ 2018.5. 古亭國中校刊《古亭青年》93 期出刊，隨刊印行學生詩作書籤羅椿筵〈煮詩〉、王怡婷〈如果　睏〉、李芷葳〈詩的可能〉三張。

◎ 2018.5. 古亭國中校刊《古亭青年》92 期榮獲台北市校刊競賽國中組特優。

◎ 2018.10. 李芷萱〈沉穩的悸動〉榮獲第八屆新北市文學獎青春組散文佳作。

◎ 2018.11. 古亭國中編印《邂逅古亭的 56 朵芳菲》詩集，楊維仁老師主編，萬卷樓圖書公司出版。

◎ 2018.11. 古亭國中製作「古亭詩籤」一套 12 張，直式包括羅椿筵〈流星雨〉、王芃雯〈咖啡〉、鄭安妮〈寂寞〉、李芷葳〈路過〉、秦楠淳〈月〉、呂宸安〈星河〉6 首，橫式包括陳亭妤〈近視〉、李芷萱〈弓箭〉、高暐媬〈做作〉、趙恩群〈平行〉、陳貞廷〈髮飾〉、顏子驊〈通往二校的

格列佛隧道〉6 首。

◎ 2018.11.10. 古亭國中舉辦《邂逅古亭的 56 朵芳菲》新書發表會。

◎ 2018.12. 王芃雯〈越過鵲橋遇見你〉榮獲台北市國中性別平等教育宣導月小小說創作比賽特優。

◎ 2018.12.20.《中學生報》第 11 版專文報導古亭國中出版《邂逅古亭的 56 朵芳菲》詩集。

◎ 2019.1. 余奕融〈鏡頭下的南機場〉榮獲台北市國中生命故事徵文比賽入選。

◎ 2019.3. 楊雅筑〈鉛筆〉榮獲《北市青年》第廿六屆金筆獎國中新詩組第一名，林莫凡〈長頸鹿〉榮獲同組佳作，鄭安妮〈破蛹而生〉榮獲國中小說組佳作。

◎ 2019.3. 第八屆古亭青年文藝獎得獎名單揭曉：新詩組首獎李芷萱〈蒙太奇〉，散文組首獎王芃雯〈眷戀你的溫柔〉，小說組首獎郭靖珩〈真相〉。

◎ 2019.4. 王芃雯、李岱芸同時榮獲第十六屆人間有情關懷癲癇徵文比賽國中組第二名。

◎ 2019.5. 秦楠淳〈三點一刻的奇想〉榮獲第卅七屆全球華文學生文學獎國中新詩組第二名。

◎ 2019.5. 古亭國中校刊《古亭青年》94 期出刊，本期以「古亭文青風」為主題，並專訪羅椿筳、李芷萱、王芃雯、鄭安妮四位文藝青年。

◎ 2019.5. 古亭國中榮獲台北市教育叢書季校刊競賽國中團體組第一名，古亭國中校刊《古亭青年》93 期榮獲台北市校刊競賽國中組特優，《邂逅古亭的 56 朵芳菲》榮獲台北市

教育叢書競賽國中組特優、美編獎。

◎ 2019.6. 古亭國中發行《人不文青枉少年：古亭國中第五十五屆畢業典禮文學表現優良獎專輯》四頁專刊。

◎ 2019.8. 古亭國中舉辦為期兩天的暑期文學寫作營，由楊維仁老師、李姬穎老師任教，並舉辦「植物園尋詩」活動。

◎ 2019.10. 顏子玞〈殘破飛行地圖上面的極光〉榮獲 2019 南投青少年文學創作獎國中組新詩第一名，賴玫好〈山的故事〉榮獲同項比賽同組佳作。顏子玞另以〈與臺灣長臂金龜的揮別〉榮獲同項比賽國中組散文第二名。

◎ 2019.12. 顏子玞、顏子驊榮獲台北市海洋詩創作比賽國中組優選，鄭融禧榮獲同項比賽佳作。

◎ 2019.12. 古亭國中以「全校式藝術與文學教育」推動，榮獲 2019 教育部「藝術教育貢獻獎全國績優學校」。

◎ 2020.3. 蘇怡璇〈X〉榮獲 2020 數感盃青少年數學寫作競賽國中組新詩優選，賴玫好〈政客〉、周敏歆〈「數美」遠行〉分別榮獲同項比賽同組佳作。

◎ 2020.3. 顏子玞〈金山磺港蹦火節〉榮獲教育部第二屆海洋詩創作比賽國中組優選，鄭融禧〈姆 海底龍宮〉榮獲同組佳作。

◎ 2020.3. 胡宸菡〈雕像〉榮獲《北市青年》第廿七屆金筆獎國中新詩組第一名，古亭國中學生連續三年蟬聯國中新詩組首獎。蕭裔洋〈回憶〉榮獲國中新詩組佳作，陳奕璇〈白色〉榮獲國中散文組佳作，李恩慈〈延續〉榮獲國中小說組佳作。

◎ 2020.3. 陳奕璇榮獲第十七屆人間有情關懷癲癇徵文比賽國中組第三名。

◎ 2020.4. 第九屆古亭青年文藝獎得獎名單揭曉：新詩組首獎顏子驊〈雪的隧道〉，散文組首獎周敏歆〈餡餅師傅與幸福攤車〉，小說組首獎江曉虛〈第三個願望〉。

◎ 2020.6. 古亭國中校刊《古亭青年》95 期出刊，隨刊印行學生詩作書籤胡宸菡〈雕像〉、顏子驊〈雪的隧道〉、秦楠淳〈三點一刻的奇想〉三張。

◎ 2020.6. 秦桐形、尤羿萱分別榮獲第 16 屆世界兒童俳句比賽優勝（大賞），鄭融禧榮獲同項比賽佳作（入賞）。

◎ 2020.6. 顏子玞〈奈米殺手〉榮獲金陵女中第二十一屆金陵文藝獎國中新詩組第二名。

◎ 2020.7.《國文天地》月刊專文介紹古亭國中《邂逅古亭的 56 朵芳菲》詩集。

◎ 2020.7. 馬日親榮獲台北市國中經典閱讀「以書映光」徵文活動優良作品。

◎ 2020.8. 古亭國中舉辦為期兩天的暑期文學寫作營，邀請楊維仁老師、李筱涵老師、楊隸亞老師擔任講座，並參訪文訊雜誌與紀州庵文學森林。

◎ 2020.9. 呂宸安、魏榆誼、鄭倖安榮獲台北市國中經典閱讀「以書映光」徵文活動優良作品。

◎ 2020.10. 胡宸菡榮獲新北市工務局「聊新北，話工務」短文徵選學生組優等。

◎ 2020.11. 古亭國中編印《驚艷古亭的五彩拼圖》，楊維仁老師主編，萬卷樓圖書公司出版。

◎ 2020.11. 古亭國中製作學生新詩 L 夾三款：顏子玞〈殘破飛行地圖上面的極光〉、鄭融禧〈姆　海底龍宮〉、周敏歆〈「數美」遠行〉。

◎ 2020.11.14. 古亭國中舉辦《驚艷古亭的五彩拼圖》新書發表會。

◎ 2020.11. 鄭倖安、林湘芸、劉祐安、馬日親榮獲台北市國中經典閱讀「以書映光」徵文活動優良作品。

◎ 2020.12. 李恩慈〈蛻變〉榮獲台北市國中性別平等教育宣導月小小說創作比賽佳作。

◎ 2020.12. 陳品伃七言絕句〈籃球〉榮獲 2020 天籟詩獎青年組佳作。

◎ 2021.1. 陳奕璇、賴玫好榮獲台北市國中經典閱讀「以書映光」徵文活動優良作品。

◎ 2021.3. 陳奕璇〈玻璃娃娃〉榮獲第九屆臺中文學獎國中散文組佳作，蘇怡璇〈魂牽夢縈——《詩魂》讀後感〉榮獲同項比賽國中閱讀心得組佳作。

◎ 2021.3. 賴芊伃〈Ｘ〉榮獲 2021 數感盃青少年數學寫作競賽國中組佳作。

◎ 2021.3. 陳奕璇〈避風港〉榮獲《北市青年》第廿八屆金筆獎國中散文組第二名。曾粲棋〈時間〉、王宇璿〈手機〉、蔡睿璟〈過往經年〉榮獲同項比賽國中新詩組佳作。

◎ 2021.3. 賴品形榮獲第十八屆人間有情關懷癲癇徵文比賽國中組第二名。

◎ 2021.4.《國文天地》月刊專文介紹古亭國中《驚艷古亭的五彩拼圖》詩集。

◎ 2021.4. 第十屆古亭青年文藝獎得獎名單揭曉：新詩組首獎賴玫好〈溺水〉，散文組首獎陳奕璇〈晨光〉，小說組首獎朱心綾〈Happy ending〉。

◎ 2021.5. 賴玟妤〈雨季〉榮獲第卅九屆全球華文學生文學獎國中新詩組佳作。

◎ 2021.6. 古亭國中校刊《古亭青年》96 期出刊，隨刊印行學生詩作書籤彭鈺芳〈文學探險〉、施昀希〈安靜〉、蔡睿璟〈過往經年〉三張。

◎ 2021.6. 顏子玟〈南極血書〉榮獲金陵女中第二十二屆金陵文藝獎國中新詩組第三名，鄭融禧〈野火〉榮獲同項同組比賽佳作。顏子玟另以〈點亮在暗夜中的礦火〉榮獲同項比賽國中散文組第三名。

◎ 2021.6. 吳柏勳〈粉筆〉榮獲長庚生技感恩創作活動國中組新詩第三名。

◎ 2020.7. 古亭國中舉辦為期三個半天的線上暑期文學寫作營，邀請楊維仁老師、許榮哲老師、徐禎苓老師擔任講座。

◎ 2021.8. 賴玟妤〈流星〉榮獲教育部 2021 年全國學生圖畫書創作獎國中組優選。

◎ 2021.9. 李欣霓〈驚悸〉榮獲全國防災日微小說創作比賽國中組評審推薦獎。

◎ 2021.10. 何璐伊、楊淮玥榮獲台北市國中經典閱讀「以書映光」徵文活動優良作品。

◎ 2021.12. 馮品瑄榮獲台北市國中經典閱讀「以書映光」徵文活動優良作品。

◎ 2022.1. 蔡樂容榮獲台北市衛生局校園菸檳防制寫作比賽國中組第二名，賴品彤榮獲同組第三名，賴芊伃佳作，高子婷、陳奕璇入選。

◎ 2022.2. 鄭融禧榮獲台北市國中經典閱讀「以書映光」徵文

活動優良作品。

◎ 2022.3. 陳奕璇〈海與陸〉榮獲《北市青年》第廿九屆金筆獎國中散文組第一名，尤俐棋〈夢境〉榮獲同組佳作。蔡睿璟〈撲「沨」迷「離」〉榮獲國中小說組第二名，施昀希〈耳機〉、王靖和〈考試〉、吳家萱〈公轉〉、許喬茵〈深海魚〉榮獲同項比賽國中新詩組佳作。

◎ 2022.3. 古亭國中師生校友古典詩現代詩合集《抱樸樓師友小集》，作者楊維仁、詹培凱、余志洋、王俊元、鄭安妮、王芃雯、高暐媄、羅椿筵，由萬卷樓圖書公司出版。

◎ 2022.4. 第十一屆古亭青年文藝獎得獎名單揭曉：新詩組首獎胡宸菡〈失眠夜〉，散文組首獎巫允辰〈在綠色角落裡有你陪伴的溫度〉，小說組首獎劉祐安〈魔貓〉。

◎ 2022.5. 金陵女中第二十三屆金陵文藝獎揭曉，顏子玞以〈末日的奈米時鐘〉榮獲國中新詩組第一名，以〈幸福的白色潛艇〉榮獲國中散文組第一名。

◎ 2022.6. 古亭國中校刊《古亭青年》97 期出刊，隨刊印行學生詩作書籤胡宸菡〈失眠夜〉、鄭融禧〈玩家〉、施昀希〈耳機〉三張。

◎ 2022.6. 陳姵羽榮獲「全國青少年萬金家書徵文比賽」國中組第四名。

◎ 2022.8. 巫允辰榮獲教育部校園動物故事競賽國中組第二名。

◎ 2022.10. 張羽涵榮獲第 17 屆世界兒童俳句比賽優勝 (大賞)、尤俐琪、蔡睿璟榮獲同項比賽佳作 (入賞)。

◎ 2022.11. 古亭國中編印《豐穗：古亭青年文藝獎十一週年精華集》，楊維仁老師主編，萬卷樓圖書公司出版。

作者索引（依姓名筆畫順序排列）

編輯感言

　　古亭國中自從 2011 年 10 月創設「古亭青年文藝獎」以來，連續舉辦了十一屆，設置散文、新詩和小說這三個文學類別，總共發出 270 個獎項的鼓勵。「古亭青年文藝獎」的舉辦，對於促進校園文學風氣，提升古亭學子寫作水準，實有卓越而顯著的貢獻。這十一年間，古亭國中學生參與全國等級的文學競賽、各縣市文學獎、以及各級政府與民間單位舉辦的各種寫作比賽，經常贏得亮麗的成績，深獲各界好評。

　　持續十一年在一所國中推動一個文學獎，是相當不容易的事。「古亭青年文藝獎」最重要的參與者，當然是十一年來各屆各班投稿的學生。然而，全體國文科老師對學生的指導和鼓勵，對評審工作的參與和支持，更是運作「古亭青年文藝獎」的重要力量。十一年來，劉增銘校長、林泰安校長、鍾勝華主任、顏錦江主任、徐敏媛組長、羅嘉明組長的策畫和推動，當然也是無可或缺的關鍵推手。

　　2016 年 6 月，我們委由萬卷樓圖書公司出版《舞穗：古亭青年文藝獎五週年精華集》一書，發表「古亭青年文藝獎」第一到五屆的優秀作品，並且刊載古亭國中學生參加校外文學競賽的獲獎傑作。《舞穗》一書的正式出版，在全國的國民中學之中，應屬難得的創舉。今年我們繼續選輯第六到十一屆「古亭青年文藝獎」得獎作品 54 篇，另外精選近六年來古亭

豐穗
——古亭青年文藝獎十一週年精華集——

280

學生參加校外文學競賽的優勝傑作 37 篇，再度輯成《豐穗：古亭青年文藝獎十一週年精華集》，一則延續《舞穗》專輯的精神，珍藏「古亭青年文藝獎」的軌跡和作品；二則慶祝古亭國中六十週年校慶，作為學校六十大壽的賀禮。我們期盼這本書的出版，可以使本校學子有所觀摩學習的標的，同時也大膽的希望能藉由這本書的出版，能和友校愛好文學的同學有所切磋琢磨的機會。

　　編輯過程中，承蒙古亭國中林泰安校長、學務處顏錦江主任、羅嘉明組長的指導與協助，校友高暐媄同學、彭鈺芳同學助理編輯事務，在此一併致謝。同時也要感謝萬卷樓圖書公司張晏瑞總編輯和林以邠編輯、財政部印刷廠張仲河先生的協助，才能使這本書順利編印問世。

　　從 2017 到 2022 六年之間，「古亭青年文藝獎」優勝作品甚多，古亭學子榮獲各及寫作比賽的得獎作品也不在少數，但是礙於篇幅限制，本書僅能精選 91 篇作品刊載，在不得已的狀況下，只能割捨一部分的佳作，我個人對於這些滄海遺珠，表達深深的憾意。本書編輯過程雖然力求謹慎，猶恐百密一疏、忙中有錯，內容若有疏漏之處，懇請各界多加包涵並且不吝賜正。

文化生活叢書 ・ 詩文叢集 1301072

豐穰：古亭青年文藝獎十一週年精華集

製　　　作	林泰安
編輯顧問	陳怡雲　顏錦江
	鍾勝華　王培玲
主　　　編	楊維仁
編　　　輯	羅嘉明
助理編輯	高暐婗　彭鈺芳
封面設計	余亦融

臺北市立古亭國民中學

發 行 人	林慶彰
總 經 理	梁錦興
總 編 輯	張晏瑞
編 輯 所	萬卷樓圖書（股）公司
發　　　行	萬卷樓圖書（股）公司

臺北市羅斯福路二段 41 號 6 樓之 3

電話 (02)23216565

傳真 (02)23218698

電郵 SERVICE@WANJUAN.COM.TW

香港經銷

香港聯合書刊物流有限公司

電話 (852)21502100

傳真 (852)23560735

ISBN 978-986-478-718-0

2022 年 11 月初版一刷

定價：新臺幣 360 元

如何購買本書：

1. 劃撥購書，請透過以下帳號
   帳號：15624015
   戶名：萬卷樓圖書股份有限公司
2. 轉帳購書，請透過以下帳戶
   合作金庫銀行 古亭分行
   戶名：萬卷樓圖書股份有限公司
   帳號：0877717092596
3. 網路購書，請透過萬卷樓網站
   網址 WWW.WANJUAN.COM.TW

大量購書，請直接聯繫，將有專人
為您服務。(02)23216565 分機 650

如有缺頁、破損或裝訂錯誤，請寄回
更換

國家圖書館出版品預行編目資料

豐穰：古亭青年文藝獎十一週年精華集
/ 林泰安製作；
楊維仁主編 . -- 初版 . -- 臺北市：
萬卷樓, 2022.11
　面；　公分 . -- (文化生活叢書 . 詩文
叢集；1301072)
ISBN 978-986-478-718-0 (平裝)
863.3　　　　　　　　111012952